Tucholsky Wagner Zola Scott Sydow Freud Schlegel
Turgenev Wallace Fonatne
Twain Walther von der Vogelweide Fouqué Friedrich II. von Preußen
Weber Freiligrath Frey
Fechner Fichte Weiße Rose von Fallersleben Kant Ernst Frommel
Richthofen
Engels Fielding Hölderlin
Fehrs Faber Flaubert Eichendorff Tacitus Dumas
Eliasberg Ebner Eschenbach
Feuerbach Maximilian I. von Habsburg Fock Zweig
Ewald Eliot Vergil
Goethe Elisabeth von Österreich London
Mendelssohn Balzac Shakespeare Dostojewski Ganghofer
Lichtenberg Rathenau Doyle Gjellerup
Trackl Stevenson Tolstoi Lenz Hambruch
Mommsen Thoma Hanrieder Droste-Hülshoff
Dach Verne von Arnim Hägele Hauff Humboldt
Reuter Rousseau Hagen Hauptmann Gautier
Karrillon Garschin
Damaschke Defoe Hebbel Baudelaire
Descartes Hegel Kussmaul Herder
Wolfram von Eschenbach Schopenhauer Rilke George
Darwin Dickens
Bronner Melville Grimm Jerome Bebel Proust
Campe Horváth Aristoteles
Bismarck Vigny Voltaire Federer Herodot
Gengenbach Barlach Heine
Storm Casanova Tersteegen Grillparzer Georgy
Chamberlain Lessing Langbein Gilm
Brentano Gryphius
Strachwitz Claudius Schiller Lafontaine
Bellamy Schilling Kralik Iffland Sokrates
Katharina II. von Rußland Gerstäcker Raabe Gibbon Tschechow
Löns Hesse Hoffmann Gogol Wilde Vulpius
Luther Heym Hofmannsthal Klee Hölty Morgenstern Gleim
Roth Heyse Klopstock Homer Kleist Goedicke
Luxemburg Puschkin Mörike
La Roche Horaz Musil
Machiavelli Kierkegaard Kraft Kraus
Navarra Aurel Musset Lamprecht Kind Kirchhoff Hugo Moltke
Nestroy Marie de France
Laotse Ipsen Liebknecht
Nietzsche Nansen Ringelnatz
Marx Lassalle Gorki Klett Leibniz
von Ossietzky May Irving
vom Stein Lawrence
Petalozzi Platon Knigge
Sachs Pückler Michelangelo Kafka
Poe Liebermann Kock Korolenko
de Sade Praetorius Mistral Zetkin

Der eiserne Ring

Olga Wohlbrück

Impressum

Autor: Olga Wohlbrück
Umschlagkonzept: toepferschumann, Berlin

Verlag: tradition GmbH, Hamburg
ISBN: 978-3-8424-1342-9
Printed in Germany

Ziel der TREDITION CLASSICS ist es, tausende deutsch- und
fremdsprachige Klassiker wieder in Buchform verfügbar zu
machen. Die Werke wurden eingescannt und digitalisiert. Dadurch
können etwaige Fehler nicht komplett ausgeschlossen werden.
Unsere Kooperationspartner und wir von tredition versuchen, die
Werke bestmöglich zu bearbeiten. Sollten Sie trotzdem einen Fehler
finden, bitten wir diesen zu entschuldigen. Die Rechtschreibung der
Originalausgabe wurde unverändert übernommen. Daher können
sich hinsichtlich der Schreibweise Widersprüche zu der heutigen
Rechtschreibung ergeben.

In der Wohnung der verwitweten Frau Geheimen Regierungsrat Delfert roch es nach warmem Haar und verbranntem Papier.

Dora und Ulrike huschten in weißen Nachtjacken und »Wickeln« aus ihrem gemeinschaftlichen Zimmer bald zur Mutter herein, die noch rasch eine weiße Spitzenkrause in ihr violettseidenes Kleid einnähte, bald über den ziemlich breiten Korridor in den dunklen Speisesaal, wo ein Tafeldecker und das Hausmädchen um den lang ausgezogenen Tisch bemüht waren.

Alles Familiensilber war aufgestellt worden – von dem Patenbecher der Mutter bis zur schönen Jardiniere, die die Eltern zu ihrem silbernen Hochzeitstag erhalten hatten und die jetzt, mit schwer duftenden Mimosenzweigen gefüllt, die Mitte der Tafel einnahm.

Die Schwestern verteilten die Kärtchen mit den Namen. Sie hatten mehr sorgenvolle als freudige Gesichter, und wenn das hüpfende Licht der Gasflamme über Ulrikes Züge huschte, die die Ältere war, sah man, daß sich eine tiefe und schmerzvolle Falte über der Nasenwurzel eingegraben hatte.

»Ich denke, nun ist bald alles in Ordnung,« sagte sie.

Sie sprach gedämpft, ein wenig klagend, wie jemand, der durch nichts von einem inneren Leid abgelenkt werden kann.

»Ich will jetzt Mama bei der Toilette helfen. Unterdessen machst du dich fertig, Dora. Es wäre immerhin möglich, daß er früher käme. Da muß jemand da sein, um ihn zu empfangen.«

Der Lohndiener und das Mädchen hatten das Zimmer verlassen. Die Schwestern standen einander gegenüber, rückten beide ganz mechanisch an den Bestecken, den Gläsern.

Sie waren beide groß und von jener irritierenden Ähnlichkeit, die keinen Gedanken an geistige Differenziertheit aufkommen läßt.

Wenn man zu einer von ihnen sprach, hatte man das Gefühl, es beiden gesagt zu haben. Das »ich« aus ihrem Munde klang beinahe anmaßend. Sie sagten auch meist »wir«.

Meinten mit diesem »wir« nicht nur sich selbst; sondern auch die Mutter, das Haus als Ganzes und sogar die weitverzweigte Delfertsche Familie, die in der Hierarchie des Beamtenstandes eine angesehene Stellung einnahm.

Eine kurze Zeit hindurch hatte Dora »ich« gesagt. Vier, fünf Monate lang, vor etwa neun Jahren. Es war in ihrer kurzen, ersten Brautzeit gewesen.

Eine tragische und abscheulich lächerliche Geschichte.

Die Tafel war gedeckt wie heute. Nur Maiglöckchen dufteten in der Jardiniere statt der gelben Blüten. Neben ihr saß ihr Verlobter, der bildhübsche Kavallerieleutnant von Redwitz. Kein Geld, aber allererste Familie und – Zukunft. Kriegsrat Delfert hatte sich bereit erklärt, die Kaution zu stellen. Die übrigen kinderlosen Familienmitglieder waren übereingekommen, die Wohnungseinrichtung zu schenken, und die Geheimrätin durfte daher an eine Ausstattung denken »wie für eine Prinzessin«.

Vierzehn Tage nach der Verlobung wurde der junge Offizier nach Südafrika abkommandiert. Liebesschwüre, Abschied, Liebesbriefe ...

Während eines Scharmützels trug er eine nicht ungefährliche Verwundung davon. Typhus kam dazu. Dora verzweifelte. Benahm sich gar nicht wie eine junge Dame aus feinem Hause. Die Geheimrätin sprach von »kalten Duschen«.

Man hatte kein Verständnis für heftige Gefühlsausbrüche im Delfertschen Hause. Und plötzlich die Nachricht: Redwitz mußte den Abschied nehmen. Dauernd untauglich.

Die Geheimrätin schrieb ihm, unter diesen Umständen wäre an eine Verbindung mit Dora nicht zu denken. Familienrücksichten ließen es nicht zu, daß Dora die soziale Leiter heruntersteige – die Frau eines Weinagenten oder Versicherungsbeamten würde. Es wäre sehr schmerzlich, aber er müßte begreifen. ...

Er begriff alles. Merkwürdig rasch und gründlich. Er gab Dora ihr Wort zurück in wenigen knappen Zeilen, die Dora nicht lesen konnte, weil sie an einem Nervenfieber danieder lag.

Ulrike pflegte die Schwester mit Aufopferung, begriff aber den Bruder nicht, der schmalbrüstig und blaß am Mittagstische saß und erklärte, auch als Weinreisender könne man ein anständiger Kerl sein, und er könne nicht begreifen, daß die Familie eher zwei Menschen unglücklich mache, als Vorurteile abzustreifen, die wirklich sinnlos wären in der heutigen Zeit.

Thomas war damals vierundzwanzig Jahre alt. Mit einem »du bist kindisch« ging die Mutter über seine Worte hinweg. Und schließlich kam auch wirklich alles ins rechte Gleis. Dora wurde gesund. Man sah sie wieder auf den Vereinsbällen, bei den Familiengesellschaften und an Abonnementsabenden mit Ulrike oder der Mutter im Schauspielhaus.

Eines Abends hatte sich Thomas, der die Schwestern abzuholen pflegte, verspätet, und die jungen Mädchen sahen sich ängstlich nach ihm um.

»Verzeihung ...«

Dora zuckte zusammen beim Klange der Stimme.

Ein Herr – offenbar ein Offizier in Zivil – hatte sie gestreift. Eine bildhübsche junge Person in kostbarem Seidenumhange schritt an seiner Seite und sah lachend zu ihm auf. Das Paar wartete ein paar Augenblicke unter dem Glasdach und stieg dann in ein elegantes Auto, hinter dessen geschliffenen Spiegelscheiben ein blühender Rosenstrauß unter dem rieselnden Lichte der elektrischen Birne leuchtete.

Dora war weiß geworden bis in die Lippen.

»War das nicht? ...

Ulrike stützte sie, selbst zitternd, verwirrt, in Angst um die Schwester.

»Möglich, Dora ... aber vielleicht nur eine Ähnlichkeit.«

Thomas kam gerade in diesem Augenblicke.

»Redwitz? Ja... ich glaube, er hat einen Onkel beerbt. Zwei Millionen sogar oder so was. An den alten Herrn hatte niemand gedacht.«

Die Geschwister fuhren mit der Elektrischen nach Hause. Thomas war mitten in seinem Assessorexamen und schweigsamer noch als sonst. Dora würgte ihr Schluchzen hinunter. Ulrike dachte an die Nacht, die ihr bevorstand ...

Selbst die Geheimrätin geriet aus der Fassung. Am nächsten Tage fand ein förmlicher Familienrat statt. Wie konnte man Redwitz wieder zurückgewinnen? Wenn Dora ihm schrieb? Wenn Thomas ihn besuchte?

Thomas schüttelte den Kopf. Man sollte doch ihn aus dem Spiele lassen! Ihm war das alles peinlich.

So beschloß Ulrike, zu schreiben ... als wüßte niemand etwas davon, und »weil Dora langsam zugrunde ging an dem nagenden Kummer ...«

Der Brief war bereits frankiert, als der Kriegsrat mit der Nachricht kam, die Erbschaft wäre ein Märchen. Redwitz hätte die Tochter eines großen Herrenschneiders »Unter den Linden« geheiratet und empfinge gelegentlich die Kunden seines Schwiegervaters...

Die Geheimrätin fand ein befreiendes Lachen, und Ulrike riß dem Mädchen schnell den Brief aus der Hand, den sie gerade zum Kasten tragen wollte. Dora sprach nicht mehr von Redwitz. Nur eine tiefe Falte blieb ihr zwischen den hellen Brauen und eine nervöse Gereiztheit, als fürchte sie jeden Augenblick, verhöhnt zu werden.

Wenn die Schwestern, gleich gekleidet, in ihrer vornehmen, blonden Schlankheit einen Saal betraten, dann wurden sie als Muster unberührter, keuscher Mädchenhaftigkeit hingestellt.

Dora – um einen Schatten rosiger, weicher und kleiner, machte Eroberungen, »von denen man sprach«. Aber obwohl sich die Geheimrätin und die Familie die größte Mühe gaben – eine Partie kam nie zustande.

Ulrike erkannte zuerst, woran es lag.

Sie sah zuerst den flimmernden Blick der Schwester, ihre feuchten, heißgeröteten Lippen, hörte zuerst das weiche, gurgelnde Lachen, die belegte Stimme, die Worte – zu hingebend für eine kurze Bekanntschaft, zu verheißend für einen koketten Flirt, und sie erschrak.

Erschrak, als hätte sie ein häßliches Mal an dem eignen Körper entdeckt.

Sie sprach mit der Mutter. Tastend, ganz vorsichtig.

Die Geheimrätin sah sie kühl und verwundert an.

»Es ist nicht Mode bei uns, liebe Ulrike, über derartige Dinge mit einem jungen Mädchen zu sprechen. Das sind Begriffsverwirrungen, die du deinen modernen Büchern verdankst.«

Und Ulrike hielt sich die Ohren zu, wenn Dora nachts in finsterer Stube von Liebe sprach, wie sie sie ersehnte, wie sie sie erwartete, von jedem, der ihr auch nur ein flüchtiges Kompliment über ihr Kleid gemacht hatte. ...

Ulrike wich keinen Schritt breit von ihr, zitterte vor jedem Balle, drängte sich als dritte in jedes Tete-a-tete, das die Schwester geschickt herbeizuführen verstand, stand hinter ihrem Stuhl, wenn sie Briefe schrieb und fing die Briefe auf, die ins Haus kamen. Abends packte sie sie in nasse Leintücher und zwang sie des Morgens zu stundenlangem Turnen in ungeheiztem Zimmer.

Sie hatte die müden, harten Züge einer Krankenpflegerin bekommen und ihre Arme die muskulöse Kraft einer Irrenwärterin.

Die Familie plante seit geraumer Zeit eine Ehe zwischen Ulrike und dem Kriegsgerichtsrat Hermann Delfert. Ulrike wußte davon. Und manchmal huschte es über ihre strengen, müden Züge wie ein ganz leiser Glücksstrahl, wie Hoffnung auf Ruhe. ...

Aber eines Nachts erwachte sie von einem heißen Atem, der über sie wehte, und als sie die Augen auftat, sah sie die phosphoreszierenden Blicke der Schwester, wie sie sich förmlich einbohrten in ihr Gesicht.

»Ist das wahr, Ulrike? Der Onkel ... der Kriegsgerichtsrat ... er soll dich heiraten? Warum gerade dich? Ihr werdet zusammenziehen? Ihr werdet Kinder haben? ... Ist das wahr? ...«

»Dora! ... Beruhige dich! ... Es ist ja noch nichts bestimmt!«

Ulrike faßte beschwörend beide Hände der Schwester:

»Wenn du mich lieb hast, Dora ...«

Aber Dora lachte kurz auf, und ihre Stimme klang wie gebrochenes Glas.

»Vor zwei Tagen, als du Migräne hattest, war ich bei Frau Doktor Kurtius, daß du's nur weißt. Ich wäre verlobt, habe ich ihr gesagt.

Ob ich Kinder bekommen könnte? ... Nur angesehen hat sie mich, mit beiden Händen zum Fensterlicht hat sie mich gedreht und gesagt: Ein Dutzend, wenn sie wollen!«

Sie lachte hart und kurz auf und riß sich los, wie ein böser, kleiner Hund, als Ulrike sie zu Bett bringen wollte.

Und dann lagen sie beide mit weitgeöffneten Augen in ihren heißen Kissen, und am nächsten Morgen ging Ulrike mit schweren Schritten zum Kriegsgerichtsrat, den sie Onkel nannte, weil er auch ein Delfert war und um achtzehn Jahre älter als sie und die Schwester.

Er galt außerdem als Chef der Familie, war ausschlaggebend in allen Fragen und erzwang sich die höchste Autorität durch die Tadellosigkeit seines Lebens.

Sollte eine Delfert an ihrer Ehelosigkeit zugrunde gehen? Sollte sie hinter die vergitterte Zelle eines Sanatoriums kommen?

Vielleicht dachte der Kriegsgerichtsrat, daß Ulrike übertrieben hätte, als Dora ihm so ruhig, so mädchenhaft zurückhaltend ihr Jawort gab, das er sich wenige Tage später holte.

Die Anmut weiblicher Zärtlichkeit, mit der sie ihn umgab, ließ ihn völlig vergessen, daß er aus Familienrücksichten eine Delfert hatte »retten« wollen.

Ulrike beobachtete, wie er täglich schneller die zwei Treppen zu ihrer Wohnung heraufeilte, wie die Blumen, die er brachte, täglich gewählter waren in Farbe und Zusammenstellung, wie er selbst es war, der immer dringlicher die Veröffentlichung der Verlobung verlangte, als fürchtete er, es könne im letzten Augenblicke noch etwas dazwischen kommen.

Der Geheimrätin war es gleich, welche von ihren Töchtern den Kriegsgerichtsrat heiratete. Im stillen hatte sie immer noch gehofft, Dora würde eine glänzendere Partie machen, und es Ulrike beinahe verdacht, daß sie so eilig auf eigene Versorgung verzichtete; aber dann dachte sie wieder, daß es auch ihr selbst nur angenehm sein könnte, wenn sie eine Tochter zu persönlicher Bequemlichkeit behielt.

Sie wollte das Hausmädchen entlassen, Ulrike würde eine perfekte Kammerjungfer abgeben, eine famose Pflegerin bei Unpäßlichkeiten und Krankheit.

Man hatte all die Jahre doch sehr über die Verhältnisse gelebt und das kleine Kapital halb aufgebraucht, das der Regierungsrat den, Seinen hinterlassen hatte, um die Töchter sicherzustellen nach dem Tode der Mutter.

Die Geheimrätin rechnete nicht gerne, aber sie konnte sich der Tatsache nicht verschließen, daß ihrer Ältesten, wenn sie selbst erst die Augen zumachte und somit die Pension fortfiel, nicht mehr als sechshundert Mark jährliche Zinsen verblieben.

Sie baute allerdings darauf, daß Thomas ein wohlhabendes Mädchen heimführte. Wenn dann der Kriegsgerichtsrat und Thomas zusammenlegten, konnte Ulrike ganz gut durchkommen. Ein bißchen auf Almosen war ja jede vermögenslose Beamtentochter gestellt, aber das war immerhin weniger peinlich, als wenn sie plötzlich gezwungen wäre, einen Erwerb zu suchen.

Zur Lehrerin war sie ohnehin zu alt. Zweiunddreißig Jahre!

Wenn Dora erst verheiratet war, wollte Ulrike einen Krankenkursus durchmachen. Warum nicht? ...

Eine geübte Krankenpflegerin konnte man in der Familie immer gut brauchen. Diese fremden Schwestern waren durchaus keine Annehmlichkeit. Jede Familie hatte ihren dunklen Punkt... Wer konnte wissen, was man im Fieberwahn mal' sprach? Da war es, besser, es blieb in der Familie.

Die Geheimrätin dehnte sich ordentlich wohlig, wenn sie dachte, daß sie einst in Ulrikens starken Armen selig und in Frieden entschlummern würde. ...

Sie sah sehr stattlich aus, die Frau Geheimrat, als sie in ihrer violetten Seidenrobe aus dem Schlafzimmer rauschte und noch einen letzten prüfenden Blick auf die Tafel warf.

Für Repräsentation hatte sie immer Geschmack und Verständnis besessen.

»Gut so ... sehr nett.«

»Hermann ist mit Dora im Salon,« sagte Ulrike und streute eine Hand voll weißer und gelber Blüten über den hellen Brokatläufer.

In diesem Augenblicke läutete es, und das, Mädchen brachte einen Rohrpostbrief.

»Also, was sagst du, Ulrike?! Es ist eine unerhörte Rücksichtslosigkeit von Thomas! Er fühlt sich nicht wohl und kann nicht kommen!«

Die Geheimrätin zog mit zitternden Händen den schwarzen Spitzenschal fester um die Schultern.

»Eine unerhörte Rücksichtslosigkeit! Erstens hätte er telephonieren können ...«

Ulrike eilte an den Apparat, der im Korridor angebracht war.

Der Bruder wohnte in einer Pension in Moabit. Sie fand es selbst nicht sehr richtig, daß er schriftlich absagte – zur Verlobung seiner Schwester. Erregter, als es ihre Art war, telephonierte sie dem Mädchen, der Herr Amtsanwalt möchte unbedingt selbst an den Apparat kommen, unbedingt selbst! Und sie wartete mit fliegendem Atem und tausend Gedanken, die bald der voraussichtlichen Mißstimmung der Mutter, der gestörten Tischordnung und den pikierten Redensarten der älteren Herrschaften galten, die ja gar nicht ausbleiben konnten.

»Ja ... Ulrike ...«

Ihr fiel der schleppende Ton nicht auf. Sie ließ den Bruder gar nicht zu Worte kommen.

»Hör' mal, Thomas, wie kannst du nur! Ein Fest, das harmonisch verlaufen soll, zu dem die ganze Familie erwartet wird – und wegen einer kleinen Erkältung läßt du uns im Stiche! Mama ist außer sich! Der Konsistorialrat hat ohnehin eine Pike auf uns, weil du zu Neujahr keine Visite bei ihm gemacht hast. Und er soll doch die Tischrede halten. Ich bitte dich, Thomas, nimm dich zusammen! Wenn du dich beeilst, kannst du mit zehn Minuten Verspätung hier sein! Die Bouillon lasse ich dann im Salon servieren, bevor man zu Tisch geht. Du weißt, Professor Roth sieht immer auf die Uhr und wird ungemütlich, wenn man nicht militärisch pünktlich ist. Überdies mußt du seine Frau zur Tafel führen. Sie hat es sich förmlich ausbedungen. Es gibt die widerwärtigsten Verwicklungen, wenn du nicht kommst . ..«

Sie war ganz außer Atem. Außerdem klingelte es schon im Entree. Da war nicht viel Zeit zu verlieren.

»Mir ist wirklich gar nicht gut,« antwortete der Bruder, »und um neun muß ich schon auf dem Gerichte sein.«

Ulrike fiel ihm ins Wort:

»Na ja, also, es wird schon gehn! Mach' nur fix! Mit dem Auto bist du in zehn Minuten da. Zehn Minuten zum Ankleiden. ... Auf Wiedersehn... Schluß!«

Als sie in den Salon trat, wurde das Brautpaar umringt und beglückwünscht. Der Kriegsgerichtsrat hatte seinen sonst etwas borstigen Schnurrbart wohl den ganzen Tag in der Binde gehabt, so sanft sah er aus. Und Dora an seiner Seite, mit dem stark gewellten blonden Haar, den roten, frischen Lippen, den verschleierten blauen Augen, schmiegte sich an ihn, vertrauend, erwartungsvoll und dankbar.

Professor Roth zog Ulrike in den Erker:

»Sag' mal, Mädel, solltest du nicht eigentlich ... hm ... ich meine... es hieß doch, du würdest den Hermann heiraten!« ...

Ulrike lachte ziemlich natürlich:

»Ich, Onkel? Was fällt dir ein. Dora ist doch Hermanns alte Liebe.«

»So ... so. ... Na dann ist's ja gut. Mir war da einiges über Dora zu Ohren gekommen. ... So einen alten Praktikus, wie mich, führt man nicht hinters Licht. Also, Hand her, Mädel. Bist ein tapferer Kerl!«

Ulrike dirigierte die Bouillontassen in den Salon, und die Geheimrätin blickte alle zwei Minuten auf die Empireuhr, denn der Konsistorialrat sagte bereits zum drittenmal:

»Als Sohn des Hauses hätte Thomas die Verpflichtung gehabt, die Gäste mitzuempfangen.«

Der Amtsanwalt Dr. Thomas Delfert hatte nach dem telephonischen Gespräche mit seiner Schwester das unangenehme Gefühl eines gemaßregelten Schuljungen.

Er hüstelte, fuhr sich mit der hageren, weißen Hand über die Schläfe und fing an, Toilette zu machen.

Es nützte nichts, daß er sich seit zwei Jahren selbständig gemacht hatte. Die Familie hing immer am andern Ende der Telephonstrippe.

»Was machst du heute?« ... »Wo bist du morgen?« ... »Warum kamst du nicht gestern?«

Wenn er abgespannt und nervös vom Gerichte kam, hieß es gewiß: »Die Frau Geheimrat oder »das Fräulein Schwester haben angeläutet«.

Manchmal mußte er von Tisch aufstehen.

»Frau Geheimrat ist am Telephon.«

»Ich bin gerade bei Tisch, Mama ...«

»Ja, nur einen Augenblick, mein Junge. Denke dir, der Sanitätsrat war da. Ich soll jeden Morgen ein Glas Karlsbader Wasser trinken.«

»So ... ja, verzeih, Mama ... das Essen wird mir kalt.«

»Bitte, mein Kind, ich will nicht stören. Ich dachte nur, du hättest Interesse an dem Wohlbefinden deiner Mutter.«

»Aber gewiß, Mama, selbstverständlich...«

»Herr Doktor, der Fisch ist längst serviert,« sagte das Mädchen.

Thomas winkte ab. Augenblicklich hörte er einen Vortrag über die mütterliche Leber. Da die Mama sehr detailliert erzählte, konnte er auf die Weise auch um den Braten kommen. Leise hängte er ab. Um nachzukommen, würgte er den Fisch so schnell hinunter, daß ihm fast eine Gräte im Halse steckengeblieben wäre.

Eine Stunde später klingelte eine der Schwestern an: Mama wäre aufs höchste gekränkt. Wie konnte er denn nur abhängen?! Mama hätte sich erst eine halbe Stunde mit der Telephondame herumgezankt, weil sie nicht glauben wollte, daß Thomas so ungezogen gewesen wäre. Das beste wäre aber, er käme selbst, sich entschuldigen.

Er könnte nicht. Er hätte Akten durchzulesen.

Dora schmollte.

»Lächerlich, Thomas. Es ist ja zum Einschlafen dasselbe. Hundert Mark Strafe oder eine Woche Gefängnis. Du hast ja nicht einen einzigen interessanten Fall. Und ob der Angeklagte Schulze oder Müller heißt – darüber kannst du dich vor der Sitzung orientieren.«

Dora lachte gerne ins Telephon hinein.

»Wenn du kommst, ziehe ich mein neues hellblaues Kleid an. Dir zu Ehren. Für dich ganz allein, mein Herr Bruder ...«

Und er mußte unwillkürlich lächeln, dankte der Schwester die harmlose, kleine Koketterie, für die er so empfänglich war, und die bei fremden Frauen hervorzurufen seine Schüchternheit ihn hinderte.

»Ich werde mal sehen, Dora, grüß' Mama.«

Um vier Uhr brachte ihm der Gerichtsbote neue Akten. Die Gleichartigkeit der Fälle war eher eine Erschwerung als eine Erleichterung. Dazu kam seine peinliche Gewissenhaftigkeit, ein menschliches Mitleidsgefühl für den armen Teufel dort auf der Anklagebank, dem er rächendes Schicksal sein sollte.

Eigentlich hatte Thomas Delfert Philologe werden wollen. Aber die Familie hatte ihr Veto eingelegt.

Er sollte nur Jus studieren, der gute Thomas, wie es bei den Delferts Tradition war. Jede Generation mußte ihre zwei, drei *Dr. Jur.* aufweisen. Auch der Vater war *Dr. Jur.* gewesen.

Thomas hatte bei diesen Erörterungen geäußert, er wolle mit Menschen und nicht mit Aktenmaterial zu tun bekommen. Der Gedanke, im Bureaudienst sein Leben zu verbringen, war ihm unerträglich. Wenn er nicht Lehrer sein durfte, wollte er Rechtsanwalt werden.

Und abermals wurde er von allen Seiten gedrängt, diese Idee aufzugeben. Nur die Staatanwaltskarriere war der Delferts würdig. Ein Großonkel und ein Vetter mütterlicherseits waren sehr bedeutende

Staatsanwälte gewesen. Die Delferts hatten von jeher dem Staate gedient. Rechtsanwälte waren eigentlich Frondeure. Sie brachten einen unerquicklichen, oppositionellen Geist in die Familie. Und überhaupt...

Er war zu jung damals, um gegen den Willen der Familie aufzukommen. Und wenn er später wie ein störrisches Pferd manchmal sein Sattelzeug abwerfen wollte, dann stellte sich die Familie um ihn herum und fing ihn mit dem Lasso hergebrachter Redensarten von Pflicht, Pietät und Sohnesliebe ...

Doras plötzliche Verlobung begriff er nicht, fand dieses *changez-les-dames* des Kriegsgerichtsrats, das so gar nicht im Einklang mit der sonstigen Bedächtigkeit der Familie stand – beinahe frivol. Hätte sich am liebsten von dem Feste ferngehalten.

Ulrikes brüske und bestimmte Art rüttelte ihn auf, beschämte ihn. Er wußte nicht, wieviel sie aufgegeben hatte. Er ahnte es nur. Und er fühlte, daß er diesen Mut nie besitzen würde...

Die Geheimrätin atmete auf, als sie die überschlanke, elegante Gestalt des Sohnes in den Salon treten sah.

Aber sie machte doch »ein Gesicht«. Denn es war unverantwortlich von Thomas, ihr an diesem Abend eine Aufregung bereitet zu haben. Auch der Konsistorialrat machte »ein Gesicht«.

Szenen gab es selten in der Familie. Aber dafür – »Gesichter«. Eine Skala von Gesichtern in meisterhaften Abstufungen. Konsistorialrat Delfert exzellierte darin. Jetzt war das vornehm-pikierte an der Reihe. Und die Geheimrätin verschärfte das ihre, indem sie etwas Vorwurfsvolles hineinmischte.

Thomas sprach in solchen Fällen mit »geschlossenen Augen«. Die Erfahrung hatte ihn gelehrt, daß nur in der Nichtbeachtung die Möglichkeit friedlichen Ausgangs einer gespannten Situation lag.

Er drückte freundlich die feste, fleischige Hand des Konsistorialrats und küßte die Mutter auf das silbergraue, modern frisierte Haar.

Jetzt kam der Kriegsgerichtsrat mit jugendlicher Lebhaftigkeit auf ihn zu, um ihm die Hand zu schütteln, früher – ein beinahe gefürchteter Vormund – jetzt– ein Bräutigam, der um die Gunst der Familie seiner Braut warb.

»Ist mein Hermann nicht ein goldig schöner Mensch?« flüsterte Dora und hing sich in den, Arm ihres Verlobten ein.

Thomas lächelte ein wenig verlegen, wunderte sich, mit welcher Selbstverständlichkeit der Kriegsgerichtsrat diese naive Bewunderung aufnahm.

Dann kam Ulrike. Abgehetzt, mit roten Flecken auf den Wangen. Es war die höchste Zeit, daß man zu Tisch ging. Die Kochfrau lehnte jede Verantwortung ab für das Souper.

»Na, da bist du ja endlich!«

Sie drückte dem Bruder kaum die Hand, flüsterte ihm rasch zu:

»Du reichst Tante Roth den Arm,« und ging dann von einem zum andern, um ihm die Tischdamen zu nennen.

Frau Professor Roth war die Schwester des Kriegsgerichtsrats. Eine heitere, rundliche Frau, die sich in ihrer Familienanbetung durch die kaustischen Bemerkungen ihres Gatten zwar nicht beirren ließ, aber auch nicht vermochte, ihn selbst zu »delfertisieren«, wie er das nannte.

Seine Autorität als angesehener Arzt gab ihm übrigens eine gewisse Ausnahmestellung, die er gern und bewußt ausnützte.

Erst beim Braten wurde Ulrike ruhiger, hob ihr Glas, trank dem Bruder, dem sie gegenüber saß, zu.

Endlich schenkte der Lohndiener den Henckel trocken ein, und der Konsistorialrat drehte bedeutsam das dritte Brotkügelchen. Die Rede auf das Brautpaar stieg.

Es war die übliche Rede auf die Innigkeit der Familie Delfert, deren Bande durch diese Ehe noch fester wurden, die übliche Lobeshymne auf den Kriegsgerichtsrat.

»... Unser lieber Hermann, dessen treue Fürsorge für dieses Haus uns stets Bewunderung und Ehrfurcht einflößte, hat sich zum Lohne die köstlichste Blüte pflücken dürfen. Und so erfüllt uns am heutigen Tage nur Freude – ohne jede Befürchtung, wie sie sonst wohl angebracht, wenn ein fremdes Reis dem alten Baum aufgepfropft wird. Es sind Zweige eines Stammes, die sich zueinander neigen, genährt von gleichem Boden. Und darum dürfen wir vertrauensvoll in die Zukunft blicken, denn wir wissen alle, was auf diesem Boden gedeiht: Selbstverleugnung, Pflichtgefühl und Liebe ...«

So ging es ziemlich eine halbe Stunde weiter. Professor Roth und Thomas tauschten einen kurzen Blick aus.

Nach dem Souper faßte der Professor Thomas beim Frackrevers und brummte:

»Wir sind so begeistert von unserer Familie, daß wir nun schon zum viertenmal innerhalb der Familie heiraten und langsam dem Kretinismus entgegengehen.«

Thomas Delfert fuhr sich mit der nervösen, schlanken Hand über das sehr weiche, aber spärliche, hellbraune Haar und lächelte unsicher.

»Ja, ja, mein Junge – alles Zeichen der Entartung. Euer Konsistorialrat hat mich schon zweimal wegen seiner Hermine angekeilt, meinte – sie passe doch so gut zu meinem Hans. Na, ich hab' ihm schön heimgeleuchtet. Mit Naturwissenschaft kommt man bei ihm ja nicht durch, da bin ich ihm mit Zahlen gekommen. Hans, sagte ich, muß mindestens eine Frau mit einigen tausend Talern jährlich haben, damit er sich nicht so zu plagen braucht wie ich. Seitdem bin ich ein Rauhbein in seinen Augen.«

Der Professor fuhr sich durch seinen kurzen, harten Graubart, der seiner gedrungenen Gestalt etwas Gnomenhaftes gab und lachte lautlos in sich hinein. Dann hob er halb lachend, halb drohend den Finger:

»Junge, Junge ... ich fürchte beinahe, du bist *outsider*, wie ich. Na, macht nichts – Prost!«

Er trank ihm mit einem Glas Kognak zu, während Thomas dankend den Alkohol ablehnte.

»Hast recht, mein Junge, sei vorsichtig ...«

»Die degenerierten Organe, Onkel ...«

»Ja ... na! Unsere Dora sollte sich auch ein bißchen mäßigen.«

Doras Lachen, dieses entzückende, musikalische Lachen, drang immer lauter, immer häufiger durch das Stimmengewirr hindurch. Und dann hörte man nur noch Dora lachen und sprechen ... Sie schlug die Ecken des Teppichs zusammen. Sie wollte tanzen. Thomas mußte sich ans Klavier setzen und mit steifen Fingern immer wieder die zwei Walzer spielen, die er sich seit seinem fünfzehnten Jahr eingepaukt hatte.

Die noch jugendliche und sehr rundliche Frau Professor war gleich dabei. Sie tanzte auch für ihr Leben gern, arrangierte noch immer zwei Tanzkränzchen im Jahre, zu denen der Sohn seine Kollegen mitbringen mußte. Und flotter noch als ihre vier Töchter drehte sie sich im Kreise, maulte mit dem Sohne, der ihr das Vergnügen manchmal verdachte, während der Professor selbst mit philosophischer Ruhe den Moment abwartete, da seine Frau ächzend irgendwo in einen Sessel fiel und sich von dem Hausmädchen das Korsett aufschnüren ließ.

Dora war von hinreißender Laune. Die gemessene Festlichkeit, die sonst bei Familienversammlungen üblich war, durchbrach sie bis zur äußersten Grenze. Sie schlang beide Arme um den Hals des Kriegsgerichtsrat und verlangte, er solle so mit ihr tanzen.

Und es sah hilflos und lächerlich aus, als der korpulente Herr mit den kurzen Ärmchen und dem kurzen Atem sich wie ein Kreisel herumdrehte und nur ab und zu ein Wort fand:

»Dorchen ... genug ... Dorchen, ich kann nicht mehr ...«

Endlich blieb sie stehen. Lachend hielt sie ihm die halboffenen Lippen zum Kuß hin, und da er sich zu ihr herabbeugte, sehr verliebt und etwas verschämt, da haschte sie mit ihren weißen, spitzen Zähnen nach seinem Schnurrbart und hielt ihn fest und knabberte an den graublonden Borsten wie ein Eichhörnchen an einer Nuß.

»Dora ... sei vernünftig, Dora! ...«

Ulrike faßte das Handgelenk der Schwester, derb, mit der Absicht, ihr wehe zu tun, wenn sie nicht abließ von dem geschmacklos törichten Spiel.

Und Dora wurde nüchtern. Ganz plötzlich und mit einem leisen Unbehagen.

Der Professor und Thomas hatten die kleine Szene beobachtet.

Der alte Herr gab sich nicht die Mühe, sein ironisches Lächeln zu verbergen. Thomas aber wendete sich ab, verletzt und erschreckt.

Die Geheimrätin kam jetzt heran.

»Ist sie nicht reizend, unsere Dora? So viel Mutwillen hat sie sich bewahrt – wie ein Kind, nicht wahr?«

Sah sie nicht oder wollte sie nicht sehen? War sie heroisch oder dumm?

»Ich würde euch raten, die Hochzeit recht bald zu machen,« meinte der Professor.

Die Geheimrätin kicherte hinter ihrem Fächer.

»Dafür sorgt schon Hermann. Er ist ja unsinnig verschossen. In drei, vier Wochen denke ich. Das Haus ist ja fertig und die Wäsche der ersten Aussteuer liegt unberührt in den Kisten. Noch einmal durchwaschen und plätten – und dann die paar Kostüme ... es ist wirklich ideal einfach.«

Thomas verabschiedete sich. Die Mutter hielt ihn kaum zurück. Sie war unzufrieden mit ihm, vermißte die Freude und Herzlichkeit. Nur Haltung konnte sie ihm nicht absprechen. Es war Delfertsche Würde an ihm, als er allen die Hand reichte, sein frühes Fortgehen mit seiner elenden Gesundheit entschuldigte und Dora in unterdrückter Bewegung die gelockerten blonden Haare aus dem erhitzten Gesicht strich.

Die Schwester legte ihre heiße Wange in seine kühle Hand, schmeichelnd, wie eine junge Katze.

»Du mußt mir sagen, welche Seife du gebrauchst, Thomas, deine Hände riechen so gut ... ach! ... So nach Blumen, nach weißen Rosen ...«

Ihre Nasenflügel vibrierten, ihre Lippen zuckten genüßlich, und sie wendete sich an den Kriegsgerichtsrat:

»Ich habe seine Seife so gern, und Wohlgerüche aller Art. Ich werde dir immer Parfüm auf dein Taschentuch träufeln ...«

Und der Kriegsgerichtsrat, der einst so gefürchtete Vormund, nickte selig.

»Gewiß, Dorchen, herzlich gerne ...«

Während Thomas im Vorzimmer seinen Mantel umnahm, glitt Ulrike herein.

»Danke, Thomas, daß du gekommen bist. So lief doch alles halbwegs glatt ab.«

»Wieso halbwegs? Bei uns ist doch immer alles ein Herz und eine Seele.«

Sie überhörte die leise Ironie, ließ sich erschöpft auf eine Truhe nieder, die unter den Mänteln fast verborgen schien.

Das grelle Gaslicht gab ihrem abgespannten Gesicht etwas Fahles, Leidendes, das ihm leid tat. Er streifte – korrekt wie immer – seine rehledernen Handschuhe über.

»Ihr seid in den letzten Jahren ordentlich auseinandergewachsen, Dora und du,« sagte er nachdenklich. »Früher wart ihr euch zum Verwechseln ähnlich, und jetzt – ich glaube, Ulrike, auch dein Haar ist nachgedunkelt. Dora ist noch immer hellblond – und du beinahe braun wie ich.«

»Ja ... ich hatte nicht viel Zeit, mein Haar zu pflegen.«

Er scherzte, hob das Kinn der Schwester zu sich empor.

»Na, das wird jetzt anders werden. Wenn Dora erst verheiratet ist, dann gehörst du mehr dir an.«

»Ja ... aber dann kommt erst Mama.«

»Natürlich, Mama.«

Er schloß den letzten Druckknopf. Aus dem Salon drangen die Töne einer Polka, die Mama spielte.

»Tante Roth war eigentlich pikiert, daß du sie nicht zum Tanzen aufgefordert hast.«

»Na! Also wenn ihr Hofetikette einführen wollt, dann sagt es vorher.«

Sie lenkte ab.

»Laß nur, es ist ja auch ganz egal.«

Sie gaben sich die Hand. Und plötzlich neigte sich Thomas Delfert über die Hand seiner Schwester und küßte sie.

Ulrike wurde rot. Die kleine Galanterie des Bruders machte sie ganz verlegen. Sie hatte ihm noch so manches sagen wollen. Aber jetzt war es vorbei damit. Nur seine Finger hielt sie fest.

»Wenn du erst verheiratet bist – dann wird alles gut,« sagte sie hastig.

Er aber schüttelte lächelnd den Kopf.

»Komische Manie habt ihr Frauen, alles zu verheiraten, was ledig herumläuft ...«

Er drückte ihr noch flüchtig und ein bißchen abgekühlt die Fingerspitzen. Dann ging er.

Seltsam, wie wohl ihm auf der Straße war. Als wäre ein schwerer Druck von ihm gewichen! Gewiß, er hatte ein starkes Zusammengehörigkeitsgefühl mit der Familie, aber wenn sie *in pleno* versammelt war, legte es sich ihm jedesmal wie ein Alp auf die Brust.

Immer war es so gewesen. Schon da er nach Tisch als Kind hereingerufen wurde, seinen Kratzfuß zu machen ...

Die Nachtluft war kühl, und der Professor sagte ihm öfter als ihm lieb war: »Mein Junge, hüte dich vor Erkältungen.« So gab er denn die Idee auf, noch irgendwo eine Tasse Tee zu trinken und zu Fuß nach Hause zu gehen.

Er mußte ja auch wirklich noch die Akten durchsehen zu morgen.

Und während er in der Elektrischen saß, die von der Maaßenstraße nach der Turmstraße führte, wo seine Pension lag, überdachte er die Fälle, in die er morgen wieder als Arm der Gerechtigkeit einzugreifen hatte.

Da war erst mal ein sechzehnjähriger Bengel, der seinem Vormunde zehn Mark gestohlen, um sich mit ein paar Kameraden in der Hasenheide zu amüsieren, dann ein Schlosserlehrling, der einem Gemüsehändler einen Sack Kartoffeln gestohlen, eine Radfahrerin, die versucht hatte, den sistierenden Beamten zu bestechen ...

Thomas Delfert lächelte. Der Fall kam gewiß in die Frühstückspause hinein. Beamtenbestechung! Das war schon eine Beratung von fünfzehn Minuten wert.

Und dann noch ein Baumeister, der einem seiner Arbeiter zwei Tage Lohn zurückgehalten und ihn mit Schlägen vom Bauplatze gejagt hatte ...

Er gähnte. Seine Lider senkten sich tief über seine Augen und an der Lessingstraße schlief er ein ... Gemüsehändler, Schlosserlehrling und Baumeister tanzten in seinem unruhigen Rüttelschlaf einen fröhlichen Reigen mit Dora, dem Kriegsgerichtsrat und dem Professor. Es war alles eine Familie, eine glückliche, friedliche Familie! ...

Am nächsten Morgen hatte Thomas Delfert wüste Kopfschmerzen, und der Vorsitzende sagte ihm bei der Begrüßung im Korridor:

»Mein lieber Assessor, Sie müßten etwas für sich tun. Sie sehen wirklich käsig aus. Strengen Sie sich heute nur nicht an. Die Fälle liegen klar auf der Hand und sind Ihrer milden Individualisierung gar nicht wert.«

»Weiter,« sagte der Vorsitzende zum Gerichtsdiener und legte den Finger quer über die Lippen, um das Gähnen zu unterdrücken.

»Bogatoff und Zeugen!« schrie der Gerichtsdiener in den Korridor hinaus.

Es dauerte eine Weile, ehe sich jemand meldete. Dann kamen zwei Schutzleute herein, ein gewöhnlicher Mann mit rundem, kurzgeschorenem Kopf, ein junger, sehr blonder und sehr eleganter Herr von vielleicht fünfundzwanzig Jahren und zum Schluß eine junge Dame in halblanger, schwarzer Krimmerjacke und einem tief ins Gesicht gedrückten Pelzbarett mit einem Reiher auf der linken Seite.

Der Gerichtsdiener bedeutete ihr, auf der Anklagebank Platz zu nehmen. Der junge, blonde Herr wurde ganz blaß und prallte zurück, die Dame aber zuckte die Achseln und lächelte ironisch.

»Ich bitte, Borris, keine Geschichten,« murmelte sie ihm französisch zu, und als wäre sie im Salon und im Begriff, sich am Kamin in einem seidengepolsterten Sessel niederzulassen, so rückte sie sich in der Ecke der Anklagebank zurecht, öffnete ihren Mantel und ließ die kostbaren Spitzen ihres Jabots herausquellen.

Ein weicher und doch irritierender Duft verbreitete sich im Raume.

Delfert blickte auf. Und gleich darauf, ganz unwillkürlich, gab er die nachlässige Haltung auf, in der er gesessen, und machte eine unmerkliche Bewegung, durch die sich der Ärmel seiner Robe hinaufschob und ein Streifen seiner leuchtend weißen Manschette sichtbar wurde.

»Sie heißen? Wann und wo sind Sie geboren?« ... fragte der Vorsitzende, nachdem der Aufruf der Zeugen beendet war und alle den Saal verlassen hatten.

Lässig stand die Angeklagte auf. Sie war kaum über Mittelgröße. Ihre dunklen, grauen Augen mit den kurzen, schwarzen Wimpern glitten gleichmütig an der grauen Wand entlang, knapp über dem Haupte Thomas Delferts.

»Ich heiße Lyda Bogatoff, bin in Petersburg geboren, in Moskau erzogen. Mein Vater war eine Zeitlang Gehilfe des Finanzministers, starb vor sechs Jahren in seinem Bette. Meine Mutter ist eine geborene Gräfin Yssoff. Ich weiß nicht, ob sie wieder verheiratet ist. Ein Bruder von mir wurde im Vorjahr in Kiew gehenkt, ein Vetter vor sechs Monaten in Odessa. Mein Vormund starb vor zwei Jahren in Sibirien, während des Transports auf einem Karren. Ich bin ledig, dreiundzwanzig Jahre alt. Nicht vorbestraft. Ich bin nach Deutschland gekommen, weil ich mich weder für Politik noch für meine Familie interessiere. Ich wohne seit drei Monaten in Berlin, Pension Pfälzer in der Tauentzienstraße, mit meiner russischen Zofe, und besuche die Malschule von Professor Roden.«

Der Vorsitzende unterbrach mit keinem Worte diese fast über Gebühr lange und detaillierte Vorstellung. Das Organ der jungen Russin hatte den wundervollen Klang tiefer Glocken, und der fremdländische Akzent, das Singende der Aussprache gab ihren Worten einen seltsamen Reiz.

Sehr höflich sagte der Vorsitzende:

»Bitte, wollen Sie uns den Hergang der Angelegenheit erzählen.«

»Gerne. Ich habe mit Herrn Borris Ljubowski – den ich als Landsmann in der Malschule kennen gelernt habe – einen Radausflug gemacht, nach Saatwinkel. Die Chaussee ist ja fürchterlich! Ich radelte also auf dem Wege für Fußgänger. Das konnte wahrhaftig keinen Menschen genieren; denn es war nirgends jemand zu sehen. Da kam plötzlich so ein Kerl hinter einem Baum vor –«

»Wen meinen Sie?« unterbrach der Vorsitzende und zog die Brauen zusammen.

»Na, den Gendarm, natürlich.«

»Sie sprechen von einem Beamten in Ausübung seiner Berufspflicht,« rügte der Vorsitzende scharf.

Die junge Russin richtete ihre dunklen Augen verwundert auf Thomas Delfert und lächelte. Und so reizvoll, so vertrauensvoll und souverän war dieses Lächeln, daß er – ohne es selbst zu wissen – ebenfalls lächelte, ganz leise, als hätte ihr Mienenspiel das seine unbewußt ausgelöst.

Plötzlich wendete er sich ab, wie erschreckt über diese intime Verständigung mit einer »Angeklagten«. Lyda Bogatoff aber lächelte weiter und meinte sorglos:

»Bei uns nennt man alles so was ›Kerl‹.«

»Bitte weiter ...«

»Ja, weiter ... Ach verzeihen Sie, es ist so heiß hier.«

Ohne sich zu beeilen, ließ sie ihre Krimmerjacke auf die Bank gleiten, und stand nun da in einem englisch geschnittenen grünen Tailormade, das ihre kräftige und doch sehr mädchenhafte Gestalt wie ein Trikot verräterisch umspannte.

Und wieder trug eine Luftwelle denselben feinen, irritierenden Duft durch den Raum. Sie fuhr fort:

»Genau weiß ich nicht mehr. Der Kerl, Gendarm, meine ich, rief mich an. Ich glaubte, er wollte mich auf den Defekt meines Rades aufmerksam machen und sprang ab. Aber er verlangte meinen Namen und meine Adresse. Ich hätte sie ihm ja ruhig gegeben, aber mein junger Landsmann, Herr Ljubowski, mischte sich ein. Und der macht immer nur Dummheiten, das nennt er Kavalierspflicht. Er mischte sich also ein, sagte was von ›Teufel holen‹ oder so. Der Polizeimensch wurde grob und da platzte mir auch die Geduld. Ich warf ihm nun ein Goldstück zu und sagte, er solle mich zufrieden lassen. Da war aber auch schon ein zweiter Gendarm von irgendwoher gekommen, und weil sie beide furchtbar schnell und berlinerisch sprachen, verstand ich sie nicht und dachte nur, der zweite Kerl wollte vom ersten die Hälfte der zehn Mark haben. Gutmütig, wie ich bin, warf ich nun dem zweiten Menschen auch ein Zehnmarkstück hin und rief ihm zu: ›Da, friß!‹ Und weil in diesem Augenblick ein Mann vorbeifuhr in einem Korbwagen, rief ich ihn an, um ihn zu bitten, daß er uns von diesen ekelhaften Leuten befreit und ich könnte nicht mehr tun, als ihnen zwanzig Mark geben, das wäre meiner Meinung nach gerade genug, und wenn sie mehr wollten – dann wäre es Erpressung, weil ich eine schutzlose Dame sei. Denn der junge Mensch, mein Landsmann, das ist wirklich kein Schutz auf der Landstraße. Der ist nur im Salon zu brauchen für Fächertragen und so ...«

Der Vorsitzende selbst unterdrückte mühsam ein Lächeln, dann sagte er:

»Sie haben schließlich den Schutzleuten hundert Mark angeboten, wenn sie Sie losließen.«

»Natürlich! Aber, ich bitte Sie, Herr Präsident, ich kann mich doch nicht als Dame so behandeln lassen auf der Chaussee. So einsam der Weg war, aber schließlich hatten sich doch zwanzig bis dreißig Leute angesammelt. Es war ganz abscheulich! Ich hätte nicht hundert, ich hätte gern zweihundert Mark gegeben, um davonfahren zu können. Und ich habe den Mann aus dem Korbwagen sogar zum Zeugen genommen, daß ich das Geld wirklich zahlen will – damit mir die Kerls glauben. Mehr als fünfzig Mark hatte ich doch gar nicht bei mir! ...«

Sie hatte sich ganz warm gesprochen, das Barett war ihr leicht in den Nacken gerutscht und eine Welle rostbraunen Haares mit leuchtenden, kupferigen Reflexen fiel ihr über die schmale, sehr weiße Stirn, fast bis zu den sehr dunklen Brauen herab.

»Die Zeugen!« gebot der Vorsitzende.

Die junge Russin zuckte die Achseln, zog einen kleinen Taschenspiegel aus ihrer goldenen Tasche und steckte sich mit einer Lockennadel die losgelöste Haarwelle fest. Sie unterbrach ihre Beschäftigung auch nicht, als der erste Gendarm seine Aussagen machte.

Es verhielt sich ja im großen und ganzen alles so, wie die Angeklagte erzählt hatte. Nur der Gesichtspunkt war ein anderer.

Nach einer Viertelstunde kam noch ein Herr herein, mit Zwicker an einer goldenen Kette: der Rechtsanwalt. Er schien es unendlich eilig zu haben und sah in einem fort auf die Uhr.

Wenn seine Klientin mitten in eine Zeugenaussage hinein mit einem »zu dumm ist das« hineinplatzte, beschwichtigte er sie mit einer leisen und doch nachdrücklichen Bewegung. Schließlich wurde sie ungeduldig.

»Ach, ich bitte Sie, Herr Rechtsanwalt, ich weiß doch schließlich am besten, wie sich alles zugetragen hat, und ich habe Rußland nicht verlassen, um hier wieder einen Knebel in den Mund zu bekommen, wenn ich etwas sagen will. Formalitäten sind sehr schön; aber die Hauptsache ist doch der gesunde Menschenverstand.«

Sie schlüpfte wieder in ihre Jacke und drehte den Zeugen den Rücken, als ginge sie die ganze Sache weiter nichts an.

Es wurde noch hin und her gefragt, hin- und her geantwortet. Die Angeklagte saß mit über der Brust gekreuzten Armen, finster zusammengezogenen Brauen in ihrer Ecke und schlug mit dem Fuße den Takt auf dem Boden.

»Haben Sie noch etwas zu den Aussagen zu bemerken?« fragte der Vorsitzende, ein bißchen geärgert durch den zur Schau getragenen, fast impertinenten Gleichmut.

Die Russin antwortete nicht. Wie ein störrisches Kind verharrte sie in der gleichen Pose und nagte mit den Zähnen an der Oberlippe.

»Ich frage Sie, Fräulein Bogatoff, ob Sie etwas zu bemerken haben?« wiederholte der Vorsitzende gereizt.

Die Stimmung wurde ungemütlich.

»Gnädiges Fräulein,« mahnte der Rechtsanwalt.

»Nein,« mischte sich Thomas Delfert ein. Ganz instinktiv. Wie er immer instinktiv aufstand, wenn eine Dame sich vergeblich nach einem Platz in der Elektrischen umsah. »Es wäre doch wesentlich, zu erfahren, ob die Angeklagte einen annähernden Begriff hat von den Funktionen und Rechten eines deutschen Beamten, in diesem Falle – des Gendarmen.«

»Ich meine, das gehört ins Plädoyer des Rechtsanwalts,« unterbrach der Vorsitzende.

Unausstehlich, dieser Delfert! Komplizierte wieder ganz überflüssigerweise einen so einfachen Fall! ...

Die junge Russin aber blickte auf. Wieder huschte ein Lächeln über ihr Gesicht. Ein bißchen spöttisch, ein bißchen resigniert. Dann nickte sie lebhaft.

»Das ist die erste vernünftige Frage, mein Herr...«

Der Vorsitzende schlug mit zwei Fingern auf den Tisch, und krebsrot stieg es ihm zu Kopf.

»Ich muß sehr bitten. Sie werden sich eine Ordnungsstrafe zuziehen, Angeklagte.«

Sie tat, als hörte sie das nicht, stand wieder langsam auf, stützte sich mit dem Arm auf die Barriere, wie auf die Brüstung einer Loge.

»Was Ihre Beamten in Ihrem Lande für wichtige Personen sind – erfahre ich jetzt zum erstenmal. Bei uns machen wir nicht so viele Umstände. Drei Rubel ist die Taxe, wenn man was von so einem Kerl haben will, und ein Glas Schnaps allenfalls. Und dem Polizeileutnant geben wir zwanzig Rubel. Das ist der ganze Unterricht! Aber ich sehe schon, meine Heimat ist doch das freieste Land – wenn man keine Politik treibt. Ich bitte Sie, hier können Sie dem Kaiser im Reichstage Grobheiten sagen, und dürfen sich auf der Straße nicht schneuzen, wenn es dem Herrn Schutzmann nicht gefällt.«

»Sie haben keine Kritik an der bestehenden Ordnung zu üben, Angeklagte, das kommt Ihnen an dieser Stelle nicht zu.«

Der Vorsitzende wurde gallig.

»Ich will nur sagen: wir zu Hause – machen alles mit Geld ab. Und Geld anbieten, ist bei uns keine Beleidigung. In Deutschland macht man das vielleicht delikater, aber ich habe mir doch auf der Chaussee nicht überlegen können, wie man es hier macht.«

»Die Beweisführung ist geschlossen. Bitte.«

Und mit einer kurzen Bewegung forderte der Vorsitzende Delfert auf, zu resümieren und das Strafmaß festzusetzen.

Delfert begann. Es war mehr eine Verteidigung als eine Anklage. Und der Vorsitzende meinte – als er gleich darauf dem Rechtsanwalt das Wort erteilte – mit sarkastischem Lächeln:

»Der Herr Amtsanwalt hat Ihnen nicht viel zu sagen übriggelassen, ich bitte Sie daher, sich kurz zu fassen.«

Die beiden Plädoyers gipfelten darin, daß die Angeklagte als junge Ausländerin keinen Begriff von der Tragweite ihrer Handlungen hatte, wobei das Plädoyer des öffentlichen Anklägers bei weitem wärmer und länger war, als dasjenige des Verteidigers.

Endlich zog sich der Gerichtshof zur Beratung zurück.

Der Rechtsanwalt trat an seine Klientin heran:

»Sie bedürfen meiner wohl nicht mehr. Es wird schlimmstenfalls eine kleine Geldstrafe für Sie herauskommen. Im übrigen scheinen gnädiges Fräulein in Herrn Amtsanwalt Delfert den besten Verteidiger gefunden zu haben.«

Lyda Bogatoff lächelte und reichte dem Anwalt die Fingerspitzen.

»Sehr netter Mensch. Wie heißt er? Delfert? Ich werde ihn zu mir zum Tee bitten.«

»Nehmen Sie sich in acht! Noch eine Beamtenbestechung!«

Und wie ein Schauspieler sich einen Abgang macht, so verließ der Herr Verteidiger nach diesem Worte den Saal.

Der kleine Ljubowski trat vorsichtig auf den Zehenspitzen an die Barriere heran.

»Ach, Lyda Iwanowna, ich bin untröstlich! Diese Unannehmlichkeit – schrecklich!«

»Wachen Sie kein solches Schafsgesicht, Borris. Sie sehen kompromittierend ängstlich aus. Sie hätten als Mousselinfräulein auf die Welt kommen sollen, nicht als Mann. Schöner Kavalier – ich danke!«

Delfert trommelte mit dem Bleistift nervös auf dem Tisch. Worüber unterhielt sie sich jetzt mit diesem blonden Jüngling. Lächerlich wirkte er neben ihr! Ganz lächerlich. Und überhaupt war es unstatthaft, daß sich die Angeklagte mit dem Zeugen unterhielt. Gänzlich unstatthaft.

Er räusperte sich und warf einen verweisenden Blick auf den jungen Russen. Der schrak zusammen und tänzelte elegant zu seinem Platze zurück ...

Die Sonne schien hell und warm durch die hohen Fensterscheiben.

Delfert atmete schwer auf.

Jetzt hinausgehen. Durch den Tiergarten gehen, langsam, in der weichen Märzfrische ... und die tiefe Stimme hören, die wie eine Glocke klang ... und den wunderbaren Duft einatmen ... ganz nah ... und noch einmal das reizende Lächeln sehen, das die kurzen, festen Zähne freilegte und den Mund so eigen nach oben schürzte. Aber noch fünf Minuten, noch zehn bestenfalls – dann ging sie.

Und die Sonne würde verschwinden, und auf der Bank dort drüben einer jener vielen Bauschieber sitzen, mit dicker Goldkette und kurzen, fetten Händen.

Die Tür vom Beratungszimmer öffnete sich.

Schon! dachte Delfert.

Es fiel ihm nicht auf, daß die Herren heute länger noch als sonst ihre Frühstückspause ausgedehnt hatten. Der Vorsitzende war diesmal für »exemplarische« Strenge. Dreißig Mark hatte Delfert beantragt. Es war geradezu ein Hohn! Diese Liebenswürdigkeit Ausländern gegenüber müßte endlich mal ein Ende nehmen. In Anbetracht des Bildungsgrads der Angeklagten, in Anbetracht auch, daß dreißig Mark für die offenbar in glänzenden Verhältnissen lebende Russin keine Strafe bedeuteten – müßte auf eine Verdreifachung der beantragten Strafe erkannt werden.

Als der Vorsitzende das Urteil verkündete, zuckte Delfert unmerklich die Achseln. Die Angeklagte aber hielt ihren großen Muff, auf dem ein großer Veilchenstrauß angebracht war, vor den Mund und machte sehr ernste Augen. Auf die entlassende Gebärde des Vorsitzenden neigte sie ungemein graziös ihren hübschen Kopf und ging aus der Tür, die ihr junger Landsmann mit galanter Geste vor ihr aufhielt.

Eine Stunde später konnte Delfert seinen Talar ablegen.

Unruhe war in ihm und eine leise Trauer. Dabei schien es ihm, als schwebe in dem nüchternen Gange noch immer der seine, irritierende Duft von vorhin.

Langsam schritt er die Steintreppe hinunter, sah sich um in der weiten, gewölbten Vorhalle. Er traute kaum seinen Augen, als er die junge Russin erblickte, die einer Zeitungsfrau ein Mittagsblatt abkaufte. Er griff an den Hut. Sie nickte ihm zu, beinahe vertraulich.

»Wollen Sie mir helfen, Herr Staatsanwalt, die gute Frau kann mir meine zehn Mark nicht wechseln. Ich bitte ... ja?«

Er griff in seine Westentasche, holte ein Nickelstück heraus, drückte es der Frau in die Hand.

»Es ist mir eine Freude, gnädiges Fräulein.«

Sie hielt ihr Zeitungsblatt in der Hand und sah ihn lachend an.

»Danke schön. Und nun führen Sie mich noch zu einer Autohaltestelle. Ich kenne mich in der Gegend nicht aus. Den kleinen Ljubowski habe ich fortgeschickt, weil er mir auf die Nerven ging! Es ist schrecklich, wenn die Leute sich auf Landsmannschaftsrechte stützen, um sich aufzudrängen. Er ist ja ein ganz guter Junge, aber so ungeschickt! In der Malschule korrigiere ich immer seine Zeichnung, bevor der Professor kommt! Und da glaubt er aus Dankbarkeit den Kavalier spielen zu müssen. Er zeichnet furchtbar!«

Sie gingen Seite an Seite und die junge Russin plauderte, als wären sie alte Bekannte. Drei leere Autos waren vorübergekommen. Sie dachte nicht daran, einzusteigen.

Sie gingen immer geradeaus, und schließlich fragte sie:

»Wo sind wir denn eigentlich?«

Er mußte sich erst orientieren. Er war auch aufs Geratewohl gegangen. Immer geradeaus. Keine Frage nach ihrem Ziele durfte sie daran erinnern, daß sie ein Ziel hatte. Er wollte ihre Nähe ausgenießen.

»Wir sind in der Nähe des Tiergartens,« sagte er.

Es war nun wirklich so gekommen, wie er sich's ersehnt hatte. Sie gingen durch den Tiergarten und er hörte ihre Stimme, atmete den Duft ein, der von ihr ausging.

Am Brandenburger Tore blieb sie stehen.

»Ich habe schrecklichen Hunger! Aber ich glaube, in meiner Pension bekomme ich nichts Vernünftiges mehr.«

»Ich in meiner auch nicht,« meinte er stockend.

Sie sahen sich an und lachten.

»Wissen Sie was, Herr Delfert? Wir wollen hier irgendwo im Restaurant essen, oder vielleicht paßt sich das nicht?«

Er schwankte. Sollte er nein sagen und sich um das Glück einer Stunde bringen? Der Egoismus siegte. »Wer sollte Anstoß daran nehmen, gnädiges Fräulein?«

Sie nickte.

»Ich nehme keinen daran. Ich bin schrecklich selbständig. Wir sind alle so in Rußland. Ein junger Mann ist für uns nicht nur Hofmacher – er ist ein Mensch, mit dem wir menschlich verkehren, ohne dumme Liebesgedanken.«

»Dann stellen Sie aber an den Mann recht hohe Anforderungen, gnädiges Fräulein.«

Sie verzog den Mund zu einem spöttischen Lächeln.

»Bitte, keine Komplimente. Ich mache mir wirklich nichts daraus. Sie waren mir gleich sehr sympathisch, gleich, wie ich Sie gesehen habe, und Menschen, die mir sympathisch sind, suche ich näher kennen zu lernen. Das ist alles. Ich habe ja auf keinen Menschen Rücksicht zu nehmen, Gott sei Dank!«

Sie gingen in eln Weinrestaurant am Potsdamer Platz, und Thomas Delfert bestellte das Essen.

»Ich kenne Ihren Geschmack nicht, gnädiges Fräulein.«

»Ach bitte, Herr Delfert, ganz einfach. Einen anständigen Rotwein, ein bißchen Kaviar oder Fisch, Braten und Dessert. Weiter nichts. Ich mache nie große Faxen.«

Thomas Delfert hatte immer nur mit seiner Familie soupiert, die erst auf die rechte Seite der Menukarte schielte, ehe sie bestellte, und ab und zu mit einem kleinen Mädchen, das glücklich war, wenn es zur Krebszeit eine doppelte Portion Krebse oder im Winter einen halben Hummer bekam. Für Wein hatte er selten über drei Mark die Flasche bezahlt, und dazu meist eine Flasche Mineralwasser genommen, aus Gesundheitsrücksichten – und Ökonomie.

Ein Menü für eine vornehme junge Dame zusammenzustellen, verursachte ihm nicht wenig Kopfzerbrechen. Er nahm den Wein viel zu schwer, den Braten viel zu ausgiebig, das Dessert viel zu schlagsahnensüß.

Und während er vor Erregung nicht essen konnte, nippte sein hübsches Gegenüber mehr aus Höflichkeit von dem Glas und ließ die Hälfte von allem, was er ihr auflegte, auf ihrem Teller.

Aber das merkte er nicht einmal.

»Es ist furchtbar drollig, daß wir hier zusammensitzen und essen, während Sie mich vor zwei Stunden noch Angeklagte genannt haben. Solche Kontraste liebe ich sehr. Überhaupt alle Kontraste. Ich habe Blick dafür. Auch daß Sie nicht zu Ihrem Berufe passen, habe ich gleich erkannt. Sie machen den Eindruck eines furchtbar guten Menschen, und dabei müssen alle Leute, die hinter der Barriere sitzen, sich vor Ihnen fürchten, wie kleine Kinder vor dem schwarzen Mann.«

»Wie sind Sie eine so gute Menschenkennerin geworden in Ihren jungen Jahren?«

Er kreuzte die Hände, und seine etwas schwermütigen, dunklen Augen folgten mit Entzücken dem lebhaften Spiel ihrer schlanken weißen Finger.

»Ach, lieber Herr Delfert, das ist eine lange Geschichte. Da müßte ich Ihnen von meiner Kindheit erzählen, meiner teuren Familie, meinen Gouvernanten, Lehrern, und diese Geschichte würde Ihnen vielleicht gar nicht gefallen. Nur so viel kann ich Ihnen sagen: Meine Eltern haben sich wenig um mich gekümmert, und ebensowenig um die Leute, die mich erzogen haben. Meine Mutter war eine große Dame und hatte gar keine Zeit für mich kleines Mädchen. Mein Vater aber war ein echter russischer Beamter, der seine Untergebenen anbrüllte und vor Höherstehenden kroch. In meinem Bruder, seinem Sohne, fand er seinen erbittertsten Feind. Nach vielen Kämpfen setzte ich es durch, das Gymnasium besuchen zu dürfen – und dort wurde in mir der erste Keim zur Kritik meiner Eltern gelegt. Aus Widerspruchsgeist gegen die Weiblichkeit meiner Mutter kleidete ich mich wie eine Vogelscheuche und schnitt mir mein Haar kurz ab. Es war sehr lächerlich. Aber durch diese äußerlichen Lächerlichkeiten versuchen wir in Rußland zuerst unsere Selbständigkeit zu markieren. Meine Eltern sah ich damals nie. Als ich mein erstes Ballkleid anprobierte, da bemerkte meine Mutter erst, daß ich eine Brille trug. Und als sie mein kurz abgeschnittenes Haar sah, bekam ich eine Ohrfeige. Meinen ersten Ball besuchte ich mit einer wohlfrisierten Perücke. Und auf diesem ersten Balle sollte ich einem älteren Herrn versprochen werden, der meinem Vater mehrfach sehr nützlich gewesen war. Es war ganz abscheulich, wie der dicke Mensch mit den vielen Orden um mich herumtanzte. Mein Vater ließ mich weiß Gott wieviel Champagner trinken, damit ich den Kopf verlöre und Ja sagte. Aber ich lachte nur immer. Und als der alte Mann anfing, mein Haar zu loben, da riß ich mir die Perücke vom Kopf und lachte ihn aus. Daraufhin schickten mich meine Eltern ein Jahr auf ein einsames Gut. Als ich nach Hause kam, da war mein Bruder auch seit Monaten auf und davon gegangen und machte im Volke Propaganda für die Freiheit. Er schrieb mir heimlich Briefe und suchte mich für die ›Heilige Sache‹ zu gewinnen. Einmal bestellte er mich zu sich; und während meine Eltern irgendwo zum Tee waren, fuhr ich heimlich zu meinem Bruder. Ich sagte ihm, wenn die ›Heilige Sache‹ so viel Schmutz und häßliche Frauen verlangte, dann wäre ich dafür nicht zu haben.

Mein Bruder komplimentierte mich ziemlich unsanft heraus und nannte mich eine Gans. Ein paar Wochen später, auf der Straße, grüßte er mich nicht, und ich bin überzeugt, daß er in aller Seelenruhe unser Haus mit Dynamit in die Luft gesprengt haben würde, wenn das revolutionäre Komitee es von ihm verlangt hätte. Bald darauf starb mein Vater, aus Schreck darüber, daß man seinen Bruder verhaftet und als dringend verdächtig nach Sibirien verschickt hatte. Ich blieb allein mit meiner Mutter, die eine sehr schöne Frau war, und der man die erwachsene Tochter nicht glauben wollte. Sie war zufrieden, als ich mich zwei Jahre nach dem Tode meines Vaters verlobte. Vierzehn Tage vor der Hochzeit fand ich beim Aufwachen einen Brief meiner Mutter, in dem sie mich bat, ihr zu verzeihen. Mein Bräutigam wäre von einer heftigen Leidenschaft zu ihr erfaßt worden ... und so weiter ... Es kamen natürlich Verwandte von allen Seiten, die mich gerne bei sich aufnehmen wollten. Aber ich hatte nun genug von der Familie. Und so reise ich seit drei Jahren herum, sehe mir die Welt an, und bleibe da, wo ich Menschen finde, die mir gefallen.«

»Sie wollen Malerin werden?«

Er fragte sie das, weil er den Boden zu verlieren fürchtete. Sie schien ihm etwas Ungreifbares und beinahe Unbegreifliches. Ein anständiges junges Mädchen, das in der Welt herumstrich wie ein Zigeuner. Das verwirrte alle seine Begriffe.

Und beinahe väterlich klang es, als er sagte:

»Auf die Dauer ist das doch unhaltbar, nicht wahr? Sie müssen irgendwo festen Fuß fassen, Familienanschluß finden.«

Er dachte an die Maaßenstraße. Er wollte sie einführen in seine Familie. Sie durfte nicht mehr schutzlos dastehen, durfte nicht mehr in Situationen kommen, wie es die heutige war. Ihr Temperament mochte ihr noch genug andere Streiche spielen.

In der Malschule – die Ungebundenheit des jungen Volkes. Sie war schön, reich.

Wie leicht konnte es geschehen, daß ihr jemand den Kopf verdrehte.

Und er merkte es nicht, daß sie lächelte, während er so väterlich sprach, und daß ihr Lächeln viel weiser und weltkluger war als seine Worte ...

Er besuchte sie.

Das erstemal mit dem Zylinder in der Hand, im schwarzen Gehrock, hellen Handschuhen, ängstlich bedacht, die für eine erste Visite angemessene Zeit nicht zu überschreiten.

Sie wollte seine Feierlichkeit nicht gelten lassen. Lud ihn ein, zu kommen »so oft es ihn freute«, und zankte ihn bald aus, wenn er einen Tag verstreichen ließ, ohne sie aufzusuchen.

»Das Vernünftigste wäre, Sie zögen in meine Pension,« sagte sie eines Tages.

Er sah sie an, beinahe erschreckt. Wußte sie, was sie sagte. War es berechnete Koketterie oder unglaubhafte Harmlosigkeit?

Aber sie blickte ihm unbefangen in die Augen mit jenem Lächeln, das Menschen eigen ist, die keine Hindernisse kennen. Und er fand keine Antwort, fühlte sie nur stärker, die Fesseln, die ihm seine Erziehung geschmiedet hatte.

Aber gleichzeitig wurde ihm bewußt, wie sein Gefühl für dieses fremdartige, eigenwillige Geschöpf sich vertiefte, ihm selbst nur einen Weg freiließ ... – – Sie sprach von ihrer Malerei. Sie machte Fortschritte. Der Professor hatte ihr geraten, eine Aktstudie zur Ausstellung zu schicken. Es war beinahe eine reife Arbeit. Was sie spielerisch begonnen hatte – allmählich wandelte es sich ihr zu ernstem Schaffen.

Sie sprach davon, ein Atelier zu mieten, mit einer kleinen, anschließenden Wohnung.

»Aber Sie können doch nicht so allein wohnen ...« Thomas Delfert sah sie beinahe entsetzt an.

»Warum nicht?«

Jede Erklärung konnte sie als Beleidigung empfinden. Sie verstand ihn auch gar nicht.

»Ich fürchte mich doch nicht! Wer soll mir etwas tun?«

Zwei Wochen später lud sie Thomas Delfert zur Einweihung des Ateliers ein. Sie hatte ein paar Kollegen aus der Malschule dazu gebeten, darunter auch ihren blonden Landsmann.

Delfert fühlte sich höchst ungemütlich in dem ihm fremden Kreise. Sie sah es ihm an, lächelte leise.

»Oh, was sind Sie für ein schrecklicher Philister!«

»Ja, bin ich das, wirklich?«

Sie mochte recht haben. Er konnte nicht heraus aus seiner Haut. Wenn er zu Hause über seinen Akten saß, sah er sie im Geist in ihrem Atelier, die Palette in der Hand, eine Zigarette im Mundwinkel, sah sie, wie sie dem Modell den Arm zurechtlegte oder einem weiblichen Modell mit kühl prüfenden Blicken die Glieder in die gewünschte Pose brachte.

Es war ihm peinlich.

Im Gerichtssaale – während seine Blicke über die Anklagebank hinwegflogen – sah er sie, umgeben von ihren »Kollegen«, lachen und scherzen, sah sie vor dem und jenem Bilde stehen und mit jungen Männern über die Rückenlinie des Modells sprechen, die Farbentöne der Brust detaillieren.

Und es war ihm noch peinlicher.

Eines Tages sagte er es ihr, weil ein dumpfer Groll in ihm anwuchs, ein Gefühl des Hasses gegen die Umgebung, die sie von ihm trennte, wie eine andere Welt.

Er sah sie zum erstenmal rot werden.

»Ich verstehe Sie nicht,« sagte sie kurz und hart.

Und weil es ihr leid tun mochte, daß sie ihm so schroff begegnet, fügte sie hinzu:

»Alles ist so im Leben, wie man es betrachtet. Man kann ja auch sagen, daß ich Ihnen nachgelaufen bin, weil ich damals eine Stunde auf Sie gewartet habe, bis Sie aus dem Gerichte kamen. Gewiß war es sehr unpassend. Aber ich habe es nicht so empfunden. Ich habe nur den Wunsch gehabt, Ihnen zu danken, weil Sie mir aus der gräßlichen Lage geholfen haben, und weil Sie mir sympathisch waren ...«

Doras Hochzeit stand in wenigen Tagen bevor. Dora hatte bereits zweimal um Aufschub gebeten.

»Ich fühle mich nicht wohl,« sagte sie.

Die Zärtlichkeit der ersten Wochen hatte sich bei ihr bereits verflüchtigt.

Wenn der Kriegsgerichtsrat kam, flüchtete sie in ihr Zimmer, warf sich auf ihr Bett und legte sich ein neues Handtuch auf den Kopf, oder sie schlüpfte heimlich die Küchentreppe hinunter und ging in den Straßen auf und ab. Eine halbe Stunde und länger.

Wollte er sie an sich ziehen, um sie zu küssen, so entwand sie sich ihm, so daß seine Lippen nur ihr Haar oder ihr Ohrläppchen streiften.

Er lachte dann ein bißchen, eitel und verlegen; setzte diese Zurückhaltung auf erwachende bräutliche Scheu. Und seine Verliebtheit wuchs, je unnahbarer sie wurde.

Ulrike ließ kein Auge von der Schwester, vertuschte ihre Launenhaftigkeit, lenkte ab von gelegentlichen Ungezogenheiten Doras. Nur sie allein merkte es, daß Dora schlecht aussah, sich vor der Heirat fürchtete, wie ein Kind, das in eine Dunkelkammer gesperrt werden soll.

Unterdes türmte sich im Salon die Brautwäsche, frisch gebügelt, mit neuen rosa und blauen Bändern zu Päckchen gebunden. Gediegene Kleider lagen über den Stühlen, kokette Negligees hingen am Kronleuchter.

Ein neuer, schöner Rohrplattenkoffer stand mitten im Zimmer, bereit, alles aufzunehmen, was eine dreiwöchige Hochzeitsreise an Toilette erforderte.

»Ich habe mir einen graugrünen Reiseanzug bestellt,« sagte der Kriegsgerichtsrat und strich sich mit Behagen über seinen immer wohlgepflegten und duftenden Schnurrbart.

Dora lachte boshaft.

»Du wirst wie ein Laubfrosch aussehen, Hermann!«

»Wie meinst du, Dorchen?«

Er sah sie ein bißchen fassungslos an. Sie wendete sich ab.

»Graugrün! Eine fürchterliche Farbe! Fürchterlich!«

Sie hatte es gar nicht gewußt, daß graugrün ihr fürchterlich war. Aber jetzt empfand sie diese Farbe als Beleidigung.

Abends sagte sie zur Schwester:

»Was meinst du, Ulrike, wird er immer graugrüne Anzüge tragen?«

Am nächsten Tage sagte der Kriegsgerichtsrat mit strahlendem Lächeln:

»Ich habe noch umbestellen können, Dorchen. Kaffeebraun wird der Anzug. Na, krieg' ich einen Kuß?«

Aber sie antwortete beinahe hämisch.

Der Kriegsgerichtsrat sah aus, als hätte man ihm einen Schlag versetzt. Sein gutes Gesicht spielte in allen Farben:

»Dorchen, ich begreife dich nicht. Was ist dir, mein Kind, bist du mir böse?«

Er wollte zärtlich den Arm um ihre Schultern legen. Sie wurde blaß und sah ihn beinahe haßerfüllt an.

»Ich kann das nicht leiden – ich kann das nicht leiden!«

Und weinend lief sie aus dem Zimmer. Ulrike stand bleich und zitternd am Tische.

»Du mußt das nicht so tragisch nehmen, Hermann. Du weißt ja, sie war immer so jähem Stimmungswechsel unterworfen. Das hat nichts zu bedeuten.«

Sie log. Log bewußt, mit Absicht. Sie wollte ihr Opfer nicht vergeblich gebracht haben. Sie hatte alles in sich zur Ruhe gezwungen, um die Schwester zu retten; nun durfte nicht wieder alles aufgerissen und aufgewühlt werden. Nun sollte er auch einmal die Zähne zusammenbeißen, und das Schwere tragen, für all die köstlichen Stunden jugendlicher Verliebtheit.

Hilflos sah er sie an.

»Du meinst, Ulrike? Es hat nichts zu bedeuten? ...«

Die Zeit, da er im Interesse der Familie ein Opfer hatte bringen wollen, war längst vorbei. Er hatte vom Kelche der Freude, des Genusses getrunken – nun fand er den Weg nicht so leicht zurück zur Entsagung. Und vor ihm stand das Mädchen – das ihm Gewähr geboten hatte für friedlich stilles Glück.

Dämmerig war es im Zimmer. Alles verlor seine scharfen Umrisse. Die Menschen, die Gegenstände, die eigenen Gefühle.

»Meine gute Ulrike ...«

Er kam nicht weiter.

Das Licht flammte auf im Nebenzimmer. Frauenstimmen flüsterten durcheinander, es raschelte von schwerer Seide, und da rief auch die Geheimrätin:

»Hermann, Ulrike, kommt doch ... das Brautkleid ist da ... Herrlich! Seht doch, wie entzückend! Dora ... Dorchen ... wo bist du? ...«

Dora wußte selbst nicht recht, wo sie war. Ins Blaue war sie hinausgelaufen. In den dämmernden Abend hinein. Ziellos. Die Handschuhe hielt sie lose zwischen den Fingern, der Hut saß schief auf dem nachlässig geordneten Haar. Sie lief, als jage sie jemand Bestimmtem nach, als müßte sie etwas einholen – vielleicht ihr eignes Leben – das ihr davonlief, um sich irgendwo einsargen zu lassen, für immer ...

Der Lärm tat ihr wohl, betäubte ihre Gedanken. Und dann war es ihr, als müßte sie mit jemandem sprechen – so sprechen, wie es ihr wirklich ums Herz war. Wie man nie sprach in der Maaßenstraße, wie selbst Ulrike es nicht litt, daß gesprochen wurde. Sie dachte an den Professor. Seine derbe, fast grobe Art schreckte sie nicht. Wenn er sie eine »dumme Gans« nannte, wie er es liebte, dann wollte sie nicht beleidigt sein. Irgend etwas in ihrer Seele hatte sich verrückt, verschoben – da mußten kräftige Hände zugreifen, um alles wieder richtigzustellen.

Der Professor war nicht zu Hause.

Die Tante kam in ihrer runden Fülle ins Vorzimmer heraus, ein Zentimetermaß lag um ihre üppigen Schultern.

»Dorchen ... wo kommst du denn her? Ilse, Grete ... Dorchen ist da!«

Die beiden Töchter, kaum über das Backfischalter hinaus, sprangen herbei, zerrten die Kusine in das große Wohnzimmer.

»Du mußt mein Kleid sehen, Dorchen ... hellblau mit weißen Spitzen,« sagte Grete.

»Und ich rosa mit weißem Chiffon,« sagte Ilse.

Die Hausschneiderin der Familie Delfert saß am breiten Fenster, nutzte noch das letzte scheidende Licht aus zum Herabrasseln der langen Rocknähte.

Duftige Stoffe bauschten sich auf den Stühlen, auf einer Tischecke türmten sich die noch unabgeräumten Kaffeetassen.

»Du mußt schon entschuldigen, Dorchen,« sagte die Frau Professor. – »Wir haben es furchtbar eilig. Fräulein Kruse konnte erst heute von Konsistorialrats abkommen. Die gute Emma hat, glaube ich, gleich eine ganze Ausstattung nähen lassen.«

Sie hatte hochrote Wangen, maß eifrig an einer dunkelroten Samttaille.

»Ist das zu glauben, Dorchen, ich muß mein Kleid wieder um eine halbe Handbreite weiter machen. Bequem muß es diesmal sein. Hermann will das Essen von Huster kommen lassen.«

»Ist es wahr, daß ihr einen Klavierspieler nehmt? Ich freue mich so schrecklich!« rief Ilse.

»Wer ist denn Brautführer?« fragte Grete.

Sie stichelten jetzt alle emsig, mit glänzenden Augen und lachendem Munde.

»Könntest du nicht deine Hochzeit ein bißchen aufschieben, Dorchen, wir werden nicht fertig,« fragte Ilse neckend.

Die Damen lachten alle hell auf, sogar Fräulein Kruse wendete ihr ausgedörrtes Gesicht Dorchen zu und meckerte leise vor sich hin.

»Respekt, Respekt vor der Frau Kriegsgerichtsrat,« rief Frau Professor und schlug mit dem Zentimetermaß nach ihren losen Mädeln.

Es fiel niemandem auf, wie still Dora war. Wie blaß und gequält.

»Wann kommt der Onkel?« fragte sie gepreßt.

»Heute nicht mehr, Gott sei Dank! Gleich nach der Sprechstunde haben wir ihm Hut und Stock gereicht und ihn gebeten, sich auf seine Art zu vergnügen. Heute brauchen wir den Eßtisch zum Zuschneiden. Ja ... ja ... Dorchen ... so eine Hochzeit, das bringt Ravage in die wohlgeordnetste Familie!«

»Ja ... gewiß.«

Dora zog die Handschuhe über die Finger, befestigte ihren Hut, lächelte mit blassen Lippen, zuckte zusammen, als plötzlich die Gasflamme mit dumpfem Knall ihr grünlich-gelbes Licht über den Tisch warf.

»Ich werde jetzt gehen, Tante, grüß' den Onkel.«

Frau Professor Roth blickte auf, betroffen von dem seltsamen Klange der Stimme.

»Ist dir was, Dorchen? Fühlst du dich nicht wohl? Soll der Onkel zu euch kommen?«

Dora wendete den Kopf ab.

»Nein, Tante ... ich danke dir ... Mir fehlt nichts ...«

Frau Roth streichelte mit ihrer molligen Hand das blasse Gesicht der Nichte, lächelte gutmütig mit leisem Zwinkern ihrer hübschen brauen Augen.

»Brautfieber, was?«

Dann legte sie ihren Arm um die schlanke Taille, führte die Nichte bis ins Vorzimmer.

»Das ist der Nachteil, wenn man spät heiratet, Dorchen. Da denkt man zu viel. Da fürchtet man sich vor allerlei. Brauchst dich nicht zu fürchten, Dorchen, bist ein hübsches Geschöpfchen – immer noch. Kannst es mit den Jüngsten aufnehmen. Ja, wenn es Ulrike wäre – bei aller Ähnlichkeit. Ihr seid doch wie Tag und Nacht. Das Altjüngferliche liegt ihr im Blut. Unser guter Hermann kann sich gratulieren. Du bist die hübscheste Delfert, die wir je gehabt haben.«

Sie lachte leise, neigte sich vertraulich zu ihrem Ohr:

»Das weiß er auch, du ... Das hat er selbst gesagt ... Er ist ja wie närrisch in dich verliebt ... wie närrisch! Ach ja! ...«

Sie seufzte ein bißchen melancholisch auf, bemerkte es kaum, wie heftig sich Dora von ihr losriß.

»Grüß' zu Hause, hörst du. Morgen komme ich, mir das Brautkleid ansehen,« rief sie über die Treppenrampe, kehrte dann kopfschüttelnd und ein bißchen pikiert in das Speisezimmer zurück.

»Ulrike hatte recht ... Dorchen ist furchtbar nervös ... ganz furchtbar. So, nun aber fix, Kinder, keine Zeit verlieren!«

Und die Scheren klapperten lustig weiter, und die Nadeln flogen glitzernd mit ihren leuchtenden Seidenfäden durch die Luft, und die jungen frischen Mädchenlippen summten ein frohes Hochzeitsliedchen. Denn man rüstete sich zu einem Freudenfeste der Familie Delfert. –

Dora aber lief weiter durch die Straßen. Sie zählte ihre Barschaft durch in der kleinen seidenen Börse. Für ein Auto nach Moabit langte es. Sie wollte zum Bruder. Der mußte ihr raten, mußte ihr helfen. Er hatte immer viel übrig gehabt für sie, hatte auch früher immer zu ihr gehalten, wenn es mal Differenzen gegeben hatte mit der Mama, hatte sie immer entschuldigt, wenn Ulrike sie anklagte in übertriebener Angst und Strenge.

»Turmstraße,« rief sie dem Chauffeur zu.

Und beinahe schon beruhigt lehnte sie sich in die Ecke, schloß die Augen. Sie fuhr gern Auto, und es war ein seltenes Vergnügen, denn aller Verkehrsluxus war auf den Nebenanschluß des Fernsprechers beschränkt. Dora, die nie zu rechnen brauchte, weil Ulrike das besorgte, stand allen praktischen Fragen des Lebens gegenüber wie ein Kind. Sie reichte niemals mit ihrem Taschengelde, war imstande, bereits am Zweiten oder Dritten des Monats die Schwester »anzupumpen«, ohne auch nur angeben zu können, wofür sie ihr Geld ausgegeben hatte. Ebenso war sie imstande, drei Wochen herumzulaufen, ohne einen Pfennig zu besitzen. Der Besitz des Geldes war ihr gleichgültig; sah sie aber etwas, was ihr gefiel, dann bettelte sie so lange, bis die Mama oder Ulrike es ihr anschafften.

Als das Auto hielt und Dora ausstieg, fragte sie sich plötzlich, was sie dem Bruder eigentlich sagen sollte. Sie wäre am liebsten wieder umgekehrt. Aber sie war blank. Den Groschen für die Elektrische mußte sie sich wenigstens holen. Ja ... und dann ... vielleicht gab es doch noch einen Ausweg. Vielleicht...

Sie wartete es gar nicht ab, bis man sie anmeldete; sie stürmte in das große Erkerzimmer hinein, blieb plötzlich wie versteinert auf der Schwelle stehen.

Thomas Delfert saß in einem Lehnstuhle vor seinem Schreibtisch, ihm gegenüber, in förmlicher Besuchstoilette, aber in der intimen Haltung eines häufigen Gastes, saß eine junge, schöne Frau.

Das Delfertsche Blut spröder Zurückhaltung schoß Dora ins Gesicht.

»Verzeihung ... ich dachte ...«

Sie rührte sich nicht vom Platz, eine strenge, harte Falte grub sich zwischen ihre Brauen. Thomas war aufgestanden. Nicht ohne Verlegenheit ging er der Schwester entgegen.

»Ich freue mich, daß du gekommen bist. Es war schon lange mein Wunsch, dich mit Fräulein Bogatoff bekannt zu machen. Meine Schwester Dora, gnädiges Fräulein.«

Die junge Russin erhob sich mit lässiger Grazie.

»Sehr angenehm. Ich bin sehr befreundet mit Ihrem Herrn Bruder. Hat er Ihnen das nicht erzählt?«

Die dunklen grauen Augen richteten sich prüfend auf Doras gerötetes Gesicht. Dann huschte es wie leichter Spott über die vollen, roten Lippen.

»Ihr Bruder ist viel zu verschwiegen. Von meinen Bekannten wissen es alle, wie befreundet ich mit ihm bin.«

»Hattest du mir etwas mitzuteilen?« fragte Thomas Delfert und drückte die Schwester in einen Sessel nieder.

Dora fühlte noch den kräftigen Druck der kleinen, schmalen Hand, war noch unter dem Banne der grauen Augen, der eleganten und so seltsam reizvollen Erscheinung der Fremden. Das Anerwartete dieser Begegnung lenkte sie von sich selbst ab. Sie stammelte:

»Nichts Wichtiges, nein ... ich wollte nur nachfragen, wie es dir geht.«

»Und darum bist du von der Maaßenstraße hierher gegondelt?«

Thomas Delfert steckte sich eine Zigarette zwischen die Zähne, kaute an ihr, ohne sie anzurauchen.

»Ich gehe jetzt.« sagte Lyda.

»Nein ... warum ... ich möchte nicht stören ...«

Dora hatte keine Routine. Nur den Wunsch, der Situation alles Verfängliche zu nehmen. Sie wirkte merkwürdig befangen, fast ungeschickt. Lyda Bogatoff lächelte wieder.

»Von Stören ist keine Rede, liebes Fräulein. Wir sehen uns so oft, daß wir Zeit genug finden, uns über alles mögliche auszusprechen. Es wird mich freuen, wenn Sie auch zu mir kommen. Ihr Bruder hätte Sie längst mitbringen sollen. Es ist sehr nett bei mir. Junge Künstler kommen, da wird geraucht, Tee getrunken, allerlei kluges und dummes Zeug geplaudert, manchmal getanzt. Aber das liebt Ihr Bruder nicht. Wenn er da ist, sind wir immer sehr brav, rauchen wenig, essen viel Kuchen und Schlagsahne und führen furchtbar ernste Gespräche. Nicht wahr, Thomas?«

Dora zuckte zusammen. Was war denn das nur?! Sie nannte ihn beim Vornamen? Mit fast neidvollen, entzückten Augen folgte sie den anmutigen Bewegungen der Fremden, empfand die verfeinerte Eleganz ihrer Kleidung. Sie war nicht unempfindlich für den Hauch der großen Welt, der von dem schönen, jungen Geschöpf ausstrahlte. Ganz unwillkürlich krümmte sie ihre Finger mit den nicht ganz tadellosen Handschuhspitzen, richtete ihre Gestalt auf, um den Sitz ihres einfachen, grauen Jäckchens zu verbessern.

Mama und Ulrike bestanden darauf, daß Dora jetzt vor der Hochzeit ihre ältesten Sachen auftrug. Sie durfte doch dem guten Hermann der »so viel für die Familie tat«, nicht schon nach einem halben Jahre mit Toilettengeschichten kommen!

»Meine Schwester steht kurz vor ihrer Hochzeit,« sagte Thomas Delfert.

Die junge Russin lachte auf, daß man alle ihre blitzenden Zähne sah

»Ach so ... ja dann ... dann muß ich schon warten, bis Sie mit Ihrem Manne kommen. Also auf Wiedersehen, Fräulein Delfert ...«

Sie schüttelte abermals Doras Hand, drückte die Innenfläche ihres Handschuhs an Delferts Lippen.

»Auf morgen, nicht wahr?«

Thomas Delfert geleitete sie ins Vorzimmer. Die Tür blieb offen. Dora hörte noch ihr volles, weiches Lachen. Dann wurde es still. Als flüsterten die beiden. Schließlich ein weiches, fast zärtliches: »... Nicht zu viel arbeiten, Thomas!« und die Entreetür fiel ins Schloß. Wieder dauerte es eine Weile, ehe Thomas zurückkam. Als müßte er sich sammeln, als müßte er sein Gesicht erst wieder in die würdevollen Delfertschen Falten legen.

Und dann setzte er sich wieder an seinen Schreibtisch, und obwohl er die schlanke Hand vorhielt, wie um dem Lichte der elektrischen Lampe zu wehren, sah Dora doch, wie eingefallen seine
Schläfen waren, wie tief die schwarzen Schatten unter seinen Augen
lagen. Und etwas wie Mitleid packte sie, die Angst, ihm wehe zu
tun mit einer Frage.

»Nun, Dorchen – was ist mit dir, schieß los ...«

Er blätterte, ohne sie anzusehen, in seinen Akten, und seine Augen, aus denen jeder Glanz geschwunden war, blickten fast trübe zu
ihr hinüber. Sie wollte auf ihn zugehen, ihm einen Kuß auf die Stirn
drücken, mit nichtssagenden Worten aus dem Zimmer schlüpfen,
ihm das bißchen Glück nicht verderben, das er sich vielleicht aus
der letzten Stunde heraus gerettet hatte – da klopfte es an die Tür.
Das Mädchen meldete, der Herr Amtsanwalt würde am Telephon
verlangt.

»Du entschuldigst, Dorchen, einen Augenblick ...«

Dora stützte die Arme auf die Knie und verschränkte die Hände
unter dem Kinn. Sie wußte – jetzt klingelte Mama an, oder Ulrike
oder der Kriegsgerichtsrat. Jetzt herrschte große Empörung in der
Maaßenstraße. Wie hatte sie auch fortgehen können, ohne etwas zu
sagen, noch dazu gerade als das Brautkleid gebracht wurde. »So
eine Rücksichtslosigkeit!« rief die Mama gewiß durchs Telephon.

Thomas Delfert kam wieder herein.

»Also was sind das für Sachen, Dorchen? Das macht man doch
nicht! Tante Roth hat der Mama telephoniert – du wärst so auffal-
lend nervös gewesen und plötzlich davongelaufen. Mama ist außer
sich. Hermann wird dich mit dem Auto abholen.«

Er sprach erregt, wie immer, wenn die Nervosität der Maaßenstraße auf ihn abgeladen wurde. Und das geschah jedesmal. Obwohl er in der Turmstraße wohnte, wurde er immer als mitverant-
wortlich zu allem herangezogen, was in der Maaßenstraße vor sich
ging. Es war natürlich seine Schuld, daß Dorchen jetzt bei ihm oben
saß. Er hätte sie gleich zurückschicken, zum mindesten hätte er
telephonieren müssen. Das war keine Art. Eine Braut bei Nacht auf
den Berliner Straßen. Ein paar Tage vor der Hochzeit. Wenn ihr
jemand begegnete, wenn sie jemand sah! Man konnte doch nicht

jedem auseinandersetzen, daß ihr Bruder in der Turmstraße wohnte. Es hagelte Vorwürfe, und schließlich erklärte der Kriegsgerichtsrat begütigend:

»Sage ihr nur, daß ich sie gleich abhole. Sie soll sich nur nicht aufregen.«

Thomas Delfert setzte sich wieder an seinen Schreibtisch und sagte:

»Ich bitte dich ... Dorchen – laß künftig diese Extravaganzen.«

Sie schnellte in die Höhe, und eine dunkle Röte schoß ihr ins Gesicht.

»Sagst du das auch deiner Russin? Es scheint mir denn doch extravaganter, fremde Herren zu besuchen, als den eignen Bruder.«

Er strich mit dem Papiermesser über das grüne Tuch des Tisches, leichte Blässe legte sich über seine Wangen.

»Fräulein Bogatoff ist niemandem für ihr Tun und Lassen verantwortlich. Sie kann machen, was sie will. Dafür ist sie auch schutzlos, es steht jedem frei, sie anzugreifen ... sie zu verleumden.«

»Ich glaube – in dir hat sie ihren Verteidiger bereits gefunden.«

Ganz spitz und hämisch klang es, obwohl sie ihm noch vor wenigen Augenblicken nicht hatte wehe tun wollen, und sie doch selbst den Zauber der jungen Russin empfunden hatte. Alles war wieder aufgewühlt in ihr, ihr ganzes Leben – von dem Tage an, da sie ihrem ersten Verlobten den Absagebrief hatte schreiben müssen und die Schwester ihren Schmerz und ihre heißen Sinne geknebelt hatte mit der Unerbittlichkeit einer Irrenwärterin.

Jetzt wußte sie es: Nur um die Gitterstäbe ihres Familienkerkers zu durchbrechen, hatte sie sich verloben wollen, nur in dem ersten Freudenrausch über die winkende Freiheit waren ihre zärtlich verliebten Worte gesprudelt, nur ein stürmischer Dank war es, der ihrem Befreier galt. Und darum neidete sie der Fremden die Freiheit, die sie mit keinem Opfer zu erkaufen brauchte.

Sie wendete dem Bruder den Rücken, mochte sein blasses, müdes Gesicht nicht sehen – dem sie die Kränkung entgegengeschleudert hatte. Tränen würgten sie.

»Ulrike hätte den Kriegsgerichtsrat heiraten sollen, und ich wäre mit dir zusammengezogen,« stieß sie hervor, abgerissen, mit zuckenden Lippen. Die Spannung löste sich in seinem Gesicht und maßloses Staunen sprach aus seinen Augen.

»Ja, wieso denn, Dora ... Wie meinst du denn das? Das ist doch nicht dein Ernst?«

Heftig, mit bitterem Lächeln fuhr sie fort:

»Uns passen dieselben Kleider, wenn nur eine Delfert in ihnen steckt.«

Thomas stand auf, legte der Schwester beide Hände auf die Schultern, bog ihren Kopf zurück, so daß sein Blick ihre Augen traf:

»Das war einmal. Heute liebt er. Liebt dich – Dorchen – dich. Nicht bloß eine Delfert.«

Mit kalten Fingern löste sie seine Hände.

»Heute ... ja.«

Eine Härte lag in ihrer Stimme, die ihn erschreckte.

Der Kriegsgerichtsrat wurde gemeldet. Er brachte eine Handvoll Rosen mit und den Duft eines starken Parfüms.

»Böses Dorchen! ...«

Aus ihren Augen blinkte etwas wie Haß.

»Wie kann ein Mann sich nur so parfümieren!« sagte sie langsam.

»Aber, Dorchen ... du selbst ...«

Sie hielt ihn mit der Hand weit von sich ab.

»Nein wirklich, das ist schrecklich. Du mußt deine Anzüge auslüften lassen ...«

Der Kriegsgerichtsrat versuchte zu lachen. Es klang gezwungen.

»Sei nicht böse, ich habe zu arbeiten,« sagte Thomas.

»Laß dir Urlaub geben ... du siehst gar nicht gut aus,« meinte der Kriegsgerichtsrat.

»Bald sind die Gerichtsferien. Die paar Monate halte ich es noch aus.«

Dora sah im Hinausgehen noch einmal sein Profil, wie es sich müde und bleich über die Aktenberge senkte.

Im Auto schloß sie die Augen, wehrte mit zuckenden Lippen der zagen Liebkosung seiner Hand.

»Und ich habe mir doch so was Schönes ausgedacht, Dorchen! Eine Überraschung!«

Sie fragte nicht, was er sich ausgedacht hatte. Es interessierte sie nicht. Aber im Ton sowie in der Stimme lag etwas, was sie rührte. Und darum lächelte sie ganz leise und nickte – mit geschlossenen Augen.

»Ich bin so abgespannt, Hermann!« sagte sie fast entschuldigend.

»Ja – natürlich! Du brauchst auch gar nicht mehr zu sprechen und ich werde dann auch gleich nach Hause gehen!«

Zu Hause mußte sie aber doch ihr Brautkleid bewundern. Nur dem »guten Hermann« zuliebe verzichtete Mama auf ein »Gesicht« und stellte keine Fragen. Ulrike aber setzte sich abends an Doras Bett und strich ihr mit der Hand über das festgeflochtene blonde Haar.

»Denke dir, Dorchen ...« sagte sie leise, »wie gut Hermann ist! Er hat eine große Wohnung gemietet, damit wir bei euch bleiben können ... Mama und ich.«

Dora richtete sich auf, ganz steif und starr blickten ihre Augen die Schwester an.

»Damit ihr bei uns bleiben könnt ...« wiederholte sie, »damit ihr ...«

Sie fiel zurück in die Kissen, lag da mit hämmernden Pulsen, fassungslos, wie erschlagen. Immer enger verrammelte sich die Tür ihres Kerkers. Sie griff plötzlich nach dem Halse, als fürchtete sie zu ersticken. Ulrike sprach leise weiter, und ein schöner, feuchter Glanz kam in ihre Augen.

»Wir richten euch ein, während ihr auf der Hochzeitsreise seid. Mama verzichtet sogar auf ihren kurzen Badeaufenthalt. Du weißt, sie hat so viel Geschmack, Mama. Sie muß alles anordnen. Wenn ihr zurückkommt, ist alles fertig. Und du brauchst dich dann auch um nichts mehr zu kümmern, in der Wirtschaft ... um nichts.«

Sie neigte ihr Gesicht ganz nahe auf das Antlitz der Schwester:

»Nur glücklich mußt du ihn machen,« flüsterte sie leise, »nur glücklich ...«

Ein dumpfes Stöhnen löste sich von Doras Lippen.

»Was ist dir, Dorchen?«

»Nichts ... Nur dein Arm ... er drückte mich ... So ... bitte, laß mich schlafen ... Ich bin müde ... Ich muß schlafen.«

Ulrike lachte leise, wie die Schwester sie nie hatte lachen hören.

»Kann ich mir denken, du kleine Ausreißerin. Waren wir unruhig! Nein ... so was darf nicht mehr vorkommen ... Hörst du? Du brauchst ja nur zu sagen, wohin du gehst! ... Der arme Hermann ... die Mama! Du hättest sie nur beide sehen sollen!«

Leise summend kleidete sich Ulrike aus. Methodisch, wie alles was sie tat. Ganz glatt gestrichen lag ihre Wäsche auf dem einfachen Rohrstuhl vor dem Bett. Und dann löste sie das Haar, und prüfte mit einem brennenden Streichholz am Gas, ob auch alles »dicht« sei.

Nachts wachte sie auf, weil ihr war, als hätte die Schwester gerufen oder geschrien.

»Bist du wach, Dorchen?« flüsterte sie.

Nichts rührte sich. Kaum, daß sie ein paar kurze Atemzüge hörte, so schlief sie ruhig wieder ein.

Am nächsten Morgen sah sie, daß die feine Batistkrause um Doras Kissenbezug in Fetzen herabhing.

»Sieh mal, wie unruhig du geschlafen hast, Dorchen. Ich hätte dir doch kalte Umschläge sollen!«

In den letzten Tagen vor Doras Hochzeit wuchs die Verstimmung gegen Thomas ins Ungeheuerliche. Durch Dora hatte die Geheimrätin erfahren, daß die Dame, in deren Gesellschaft Mitglieder der Familie ihn öfter gesehen hatten, eine russische Malerin war. Genauere telephonische Erkundigung beantwortete Thomas knapp, mit einem erregten Unterton leidenschaftlicher Abwehr, der neu war an ihm.

Doras Bericht bestätigte nur die bisherigen Gerüchte. Thomas fühlte, er hatte den günstigen Augenblick verpaßt, seine Damen um eine freundliche Aufnahme der Fremden zu bitten. Lyda war in den Augen der Delferts nicht das junge Mädchen, dem man den Schutz des Familienanschlusses gewährt. Sie war eine »Feindin«, die »Person«, die man sich fernhalten mußte, wann man auf Anstand hielt.

Aber man begriff jetzt auch, daß Thomas sich der Familie fernhielt. Das war auch Anstandspflicht.

Sogar der Konsistorialrat meinte, daß es Zeiten geben könnte, da ein junger Mann sich austoben müßte, und das beste wäre dann, ihn – für eine Weile natürlich – sich selbst zu überlassen. Unterdessen hielt die Familie eifrig Umschau nach einem Mädchen aus guter Familie mit entsprechender Mitgift. Denn die Delfertsche Ehepsychologie gipfelte in dem Satze: »Nichts bereitet einen Mann besser für die Ehe vor als ein Erlebnis mit einer Person.«

Und »Person« war für die Delferts alles, was sich außerhalb der engsten Grenzen familiärer Enge bewegte.

»Große Gefühle« wurden im Delfertschen Hause von jeher in das Reich der Romane verwiesen. Die Liebe durfte die Temperatur Reaumur 26 nicht übersteigen, wenn sie nicht als krankhaft bezeichnet werden sollte.

Wenn nun Thomas mit dem Geständnis einer plötzlichen Leidenschaft herausgerückt wäre – die Geheimrätin hätte sich in Grund und Boden geschämt.

Thomas fühlte nur zu gut, daß er für seine erwachende Liebe kein Verständnis bei den Seinigen finden konnte.

»Werfen Sie den ganzen Krempel zusammen,« sagte Lyda eines Tages in ihrem Atelier. »Sie passen nicht zu Ihrem Beruf, und Sie passen nicht zu Ihrer Familie. Wenn die armen Leutchen, denen Ihr Titel einen solchen Schrecken einflößt, wüßten, was ihr Herr Staatsanwalt für ein kleiner Junge seiner Familie gegenüber ist ...«

Sie warf die angerauchte Zigarette in großem Bogen in eine japanische Schale und umschloß ihr hochgeschlagenes Knie mit beiden Händen.

»Sehen Sie sich doch im Spiegel an, Thomas. Sie sind krank. Vor jedem großen Prozeß gehen Sie wie ein Nachtwandler herum, mit eiskalten Händen und entsetzten Augen. Das geht doch nicht so weiter. Wenn Sie für irgendein elendes Subjekt fünf Jahre Gefängnis beantragen sollen – dann schlafen Sie drei Nächte nicht.«

Sehr gerade richtete Thomas Delfert sich auf.

»Ich tue nichts, was ich nicht mit meinem Gewissen verantworten könnte.«

Lyda sprang auf, und ihr herrliches rostbraunes Haar fiel in kupfernen Wellen um ihr Gesicht mit den zornblitzenden Augen.

»Ich weiß nicht, wie Ihr preußisches Gewissen aussieht. Ihr menschliches Gewissen ist jedenfalls ganz anders. Und an diesem Konflikt gehen Sie zugrunde. Das ist dumm – das ist abscheulich – das leide ich nicht.«

Er ließ sich in dem hohen, geschnitzten Lehnsessel nieder, der vor dem Kamin stand, auf dem kostbaren Perserteppich, der fast die Hälfte des großen Atelierbodens bedeckte. Er versuchte zu lächeln, haschte zaghaft nach der Hand des jungen Mädchens.

»Sie sind ein Kind, Lyda. Sie kennen das Leben nicht. Sie malen Bilder, weil es Ihnen Spaß macht.«

»Das glauben Sie so ...«

»Und weil Sie Begabung dafür haben,« fügte er rasch hinzu. »Aber es ist doch nichts Zwingendes. Sie könnten heute ebensogut etwas anderes machen ... ohne daß Ihr Lebensaufbau darunter zusammenbräche. Sie sind unabhängig, Sie sind reich ... Ich, Lyda ... ich habe nichts als meine Familie. Ich habe Opfer, die meine Mutter sich auferlegt, abzutragen. Wenn ich heute meinen Beruf aufgebe, dann ...« Er würgte an dem Worte: »Dann müßte ich betteln ... jawohl, bei meiner Familie herumbetteln – daß sie mir die Mittel vorstreckt, deren ich zu einem Wechsel meiner Karriere bedürfte.«

Die junge Russin tauchte ihre Pinsel in einen mit Terpentin gefüllten Topf, und ihre feinen, dunklen Brauen zogen sich fast schmerzlich zusammen.

»Ich würde Ihnen diese Mittel gern vorstrecken, Sie brauchten gar nicht zu betteln ...«

Er stand auf.

»Das geht doch etwas zu weit, Fräulein Bogatoff!«

Sein Ton war so eisig, daß ein leichter Schreck sie durchfuhr. Ein bißchen kleinlaut murmelte sie;

»Nun habe ich natürlich wieder etwas Schreckliches gesagt! Bei Ihnen darf man ja nie reden, wie man denkt.«

Das Hausmädchen rollte den Teetisch herein.

»Wollen Sie denn jetzt schon gehen?« rief Lyda mit großen, entsetzten Augen, als er nach seinem Hut griff.

»Ich habe zu arbeiten, gnädiges Fräulein. Das vergesse ich manchmal in Ihrer Gesellschaft.«

Durch die hohen Atelierfenster brachen die roten Strahlen der untergehenden Sonne, übergossen das Gesicht des jungen Mädchens wie mit Purpur.

»Sie wollen nicht mehr zu mir kommen? ...« stammelte sie.

»Doch, gnädiges Fräulein, ich stehe Ihnen immer zur Verfügung, wenn Sie mich brauchen ... immer!«

Sie fühlte das Erzwungene seiner Kälte, hielt seine Hand fest, sah ihm bittend in die Augen.

»Und ich brauche Sie doch auch immer, Thomas. Das wissen Sie ...«

Sie entwand ihm den Hut, zog ihn sanft zurück bis zum geschnitzten Stuhl, setzte sich ihm gegenüber, auf einen Schemel, schlug die Hände vors Gesicht.

»Ich brauche Sie wirklich ... Thomas ... wirklich! ...«

Er sah, wie die Röte ihr bis unter die Haarwurzeln stieg, wie alles an ihr zitterte vor Erregung.

»Was ist Ihnen, Lyda ... Sie können auf mich rechnen ... mein Wort darauf.«

»Ja ... Also hören Sie ... wenn Sie mir helfen wollen – dann müssen Sie mich heiraten ...«

Sie sagte es ganz ernst und sehr ruhig, obwohl sie über und über rot war.

Sehr verwirrt antwortete Thomas Delfert:

»Ich verstehe nicht, Lyda ...«

Im Grunde war er abgekühlt. Dieses nackte Sichantragen ging ihm wider alles Gefühl, löschte sein eignes Empfinden plötzlich aus. Eine kalte Neugierde trat an Stelle seiner Anteilnahme.

Sie blickte an ihm vorbei, sagte hastig:

»Ich könnte Ihnen Briefe zeigen. Sie würden sie nicht verstehen. Es sind russische Briefe. Meine Mutter verlangt meine Rückkehr. Ich darf meine Kunst nicht mehr ausüben, ich soll nach Hause kommen ... was sie als mein Zuhause betrachtet – weiß ich nicht. Ich soll einen Herrn heiraten, den ich nicht kenne. Und wenn ich mich nicht füge, soll ich unter Kuratel gestellt werden. Und was das bei uns heißt – weiß ich. Dann ist mein Vermögen einfach verloren. Der kleine Ljubowski war hier, als ich den letzten Brief bekam. Ich erzählte ihm alles in meiner Angst. Er sagte mir, daß es nur ein Mittel gäbe: ich müßte heiraten. Ganz schnell. Nach England fahren und heiraten. Das ist ein beliebtes Mittel bei uns. Oft die einzige Möglichkeit, uns selbständig zu machen. Er erklärte sich auch sofort bereit, mir seinen Namen zu geben. Es ist nur eine Formsache, natürlich. Eine Liebenswürdigkeit. Es ist – wie soll ich Ihnen sagen – es ist, als stützte man eine Dame, wenn sie aus dem Wagen steigt. Aber ich stütze mich nicht gern auf irgend jemand.«

Sie lachte kurz und nervös auf, während große Tränen ihr über die Wangen rollten.

Thomas Delfert atmete schwer. Ihm war, als machte das Schicksal sich einen Spaß mit ihm. Diese russische Romantik wollte ihm, dem preußischen Beamten, nicht einleuchten. Das gab es doch nicht in unserer nüchternen Zeit, das sagte sie doch alles nur so, um ihm ihr Geld aufzudrängen, um seine Empörung zu beschwichtigen, die ihn gepackt hatte, als sie ihm zumutete, sich Geld von ihr zu borgen. Ein Delfert Geld borgen – von einem jungen Mädchen ...

Sie fuhr fort, ganz leise und wie schuldbewußt:

»Das muß alles sehr schnell vor sich gehen. Man hat mir nur vierzehn Tage Frist gegeben. Meine Mutter hat Beziehungen. Damit macht man bei uns das Ungeheuerlichste in kürzester Zeit ...

Es war Abend geworden, und die laue Sommerluft wehte zum offenen kleinen Fenster der Glaswand herein. Brachte den Duft blühender Linden ins Atelier und das laute, letzte Gezwitscher der Vögel.

»In vierzehn Tagen – wie Sie sich das denken!«

Ein kalter, ironischer Ton lag in seinen Worten. Er war doch kein dummer Junge. Solchen Unsinn durfte sie ihm nicht einreden.

Sie senkte den Kopf tief auf die Brust und strich mit den feinen, weißen Händen über ihr dunkles Libertykleid.

»Es ist komisch,« sagte sie langsam, mit schwerer Zunge – »alles, was jenseits der Landesgrenzen liegt, erscheint immer unwahr oder zum mindesten abenteuerlich.«

Auch mit der Familie geht es ähnlich, dachte Thomas Delfert: was außerhalb ihrer Gewöhnung liegt, das lehnt sie ab – von vornherein, mit Mißtrauen oder Verachtung.

Man konnte eben nicht heraus aus seiner Haut. So schnell nicht ...

»In vierzehn Tagen läßt sich auch mit den besten Beziehungen keine so wichtige Handlung zu Ende führen,« sagte er beinahe scharf.

Sie stand auf, stellte sich mit dem Rücken ans Fenster, so daß ihr Gesicht im Dunkel blieb und er nur die weichen Umrisse ihrer Gestalt erkennen konnte.

»Das war nur der Schlußakt,« sagte sie tonlos. – »Anderthalb Jahre zieht sich diese ganze Geschichte hin. Darum habe ich ja auch meine Malerei so ernsthaft betrieben. Ich hoffte immer, selbständig zu werden. Wenn sie dort unten sehen, daß ich sie nicht brauchte und mein Vermögen nicht brauchte, dann ließen sie mich zufrieden, hoffte ich. Aber es geht nur langsam vorwärts. Daß mein Bild in der Ausstellung hängt, ist schon viel.«

Thomas Delfert stand auf. Wie beschämt fühlte er sich von dieser stillen, stummen Energie, die sich ihm verschleiert hatte unter so viel lachendem Frohsinn, so viel Anmut und Schönheit. Und doch war es ihm schwer, das Mißtrauen zu besiegen, ihren Worten zu glauben. All seine Willensstärke nahm er zusammen, um nichts von dem zu verraten, was in ihm vorging, was in ihm nach ihr verlangte in Liebe und Leidenschaft.

Wie ein kleines Mädchen stand sie vor ihm, das nicht wußte, ob es gestraft oder geliebkost würde. Nichts war mehr in ihr von dem siegenden Übermut, der sie so unwiderstehlich machte. Die lachende Heiterkeit war geschwunden, diesem »schrecklichen Deutschen« gegenüber, den weder ihre Schönheit noch ihr Geld wankend machte, wenn sein Ehrgefühl litt.

»Ich kann Ihnen heute nichts sagen ... Ich stehe nicht allein. Ich muß an meine Leute denken ... geben Sie mir Zeit ... Drei Tage, drei, vier Tage ...«

Lyda Bogatoff rührte sich nicht. Nur ihre Arme fielen schlaff an ihrem Körper herab.

»Vier Tage. Ich werde warten,« sagte sie leise.

Sie sah es kaum, wie er sich vor ihr verbeugte, kurz und mit steifen Schultern. Sie hörte nur, wie seine Schritte neben dem Teppich hart auf den Boden aufschlugen, wie die Tür im Vorzimmer knapp und dumpf hinter ihm zuschlug.

Dann warf sie sich auf das kleine Ruhebett, das unter kostbaren Teppichen in einer Ecke des Ateliers stand.

Sie weinte nicht.

Sie stützte sich mit beiden Ellbogen auf die Kissen und dachte nach. Es wurde dunkel. Draußen klingelte es. Die Zofe kam herein, knipste das Licht an.

»Was soll ich sagen, wenn Gäste kommen?«

»Ich bin nur für Herrn Ljubowski zu Hause, verstanden? Nur für Herrn Ljubowski,« sagte Lyda entschlossen.

Wenn er durchaus den Kavalier spielen wollte – *die* Gelegenheit wollte sie ihm geben, dem kleinen Ljubowski.

Thomas Delfert war an diesem Abend nicht gleich nach Hause gegangen, so viel Arbeit ihn dort auch erwartete. Gegen seine Gewohnheit hatte er ein Restaurant aufgesucht.

Er traf ein paar Kollegen. Bekannte Richter. Man fragte ihn: Sie sind wohl krank, lieber Delfert ... passen Sie auf ... tun Sie ein bißchen was für sich.

Das war ihm peinlich, als hätte er einen zerfetzten Rock am Leibe oder durchwetzte Stiefelsohlen. Er nahm einen Wagen, fuhr in den Tiergarten. Ganz langsam. Nur um Luft zu schöpfen. Plötzlich fiel ihm ein – es war Polterabend in der Maaßenstraße. Man hatte ihn dazu gebeten, aber er hatte sich mit Arbeit entschuldigt, hatte versprochen, erst gegen zehn Uhr, nach dem Abendbrot, zu kommen.

Der Delfertsche Polterabend war eigentlich ein stilles, letztes Beisammensein, wie die Geheimrätin sagte. Man aß gute, kalte Küche, trank Burgunder, und der Konsistorialrat oder sonst der älteste Verwandte hielt eine Rede. Das war fein und – nicht kostspielig. Alle Delferts hatten rechnen müssen, und auch der Kriegsgerichtsrat war kein Krösus.

Um elf Uhr ging man auseinander, um frisch zu sein für den großen Tag. So war es bei der Hochzeit der Geheimrätin gewesen, die eine geborene Delfert war, so auch bei der Hochzeit des Konsistorialrats.

Als Thomas eintrat, pichelte der Professor behaglich seinen Burgunder und erzählte gerade von einer Operation. Die Geheimrätin thronte sehr majestätisch an der Spitze der ausgezogenen Tafel.

Sie war sehr zufrieden mit dem guten Hermann. Das Hochzeitsessen sollte in einem kleinen, feinen Hotel stattfinden, statt wie sonst in der Wohnung der Braut. Gegen diese Neuerung, die ihrer Bequemlichkeit Rechnung trug, hatte die Geheimrätin nichts einzuwenden gehabt. Sie fuhr ihm auch ein paarmal lächelnd über den Arm.

»Diese große Ausgabe werden wir dir schon in deiner Wirtschaft herausholen, nicht wahr, Riekchen?«

Ulrike nickte und sah nach, ob noch Wein in der Flasche war.

»Natürlich, Mama.«

Die Frau Konsistorialrat meinte:

»Wir haben es uns auch überlegt, Hermann. Es kommt noch am billigsten, wenn du Ulrike mit der Mama bei dir hast.«

Die Frau Professor sagte:

»Freilich. Wenn Ulrike nicht wäre – zöge die Mama ja doch zu euch. Nun, und wo dreie satt werden, wird's auch der vierte.«

Dorchen saß in einem roten Kleide, daß ihr zu weit geworden war, stumm und blaß neben ihrem Bräutigam. Sie beteiligte sich nicht am Gespräche, lächelte dem Kriegsgerichtsrat nur matt zu, wenn er ihre Hand verstohlen an seine Lippen zog.

Man fand ihre Haltung bräutlich – tadellos. Die Geheimrätin verstand sich eben brillant auf die Erziehung. Im Salon lachte die Jugend und hinter der angelehnten Tür schwenkte Konsistorialrats Primaner des Professors blonde Grete nach einem ganz leise gepfiffenen Walzer.

Thomas zog Ulrike abseits.

»Du ... Dora gefällt mir nicht.«

Sie sah ihn mit großen Augen an.

»Warum denn ... alle finden sie reizend jetzt. So ruhig und würdig.«

»Zu ruhig!«

Beinahe ärgerlich antwortete die Schwester:

»Sie ist nicht mehr in dem Alter, wo sie immer nur herumtollen kann, wie ein Irrwisch. Wir danken Gott, daß sie vernünftig geworden ist.«

Dieser gute Thomas war der Familie schon so entfremdet, daß er gar keine richtige Schätzung mehr hatte für das Ehrbare und bürgerlich Korrekte. Aber da er ihr begütigend mit der Hand über die Wange strich, erschrak sie.

»Du hast Fieber, Thomas, weißt du das?«

»So ... Ja ... möglich ... mir ist auch nicht ganz gut ... Ich werde nach Hause gehen.«

»Immer drückst du dich,« sagte Ulrike unzufrieden.

Er versuchte zu lächeln.

»Wenn ich aber krank bin ...«

Sie schüttelte den Kopf, streifte ihn mit einem unsicheren, dunklen Blicke.

»Krank bist du. Aber anders, als du meinst ...«

Sie wurde abgerufen, und so ließ sie ihn stehen, in peinlicher, ärgerlicher Verwirrung. Die Mama sagte gerade:

»Es ist so angenehm, daß Hermann weder einen neuen Salon, noch ein neues Speisezimmer zu kaufen braucht. Unsere Möbel sind ja vorzüglich erhalten.«

»Es ist viel heimischer mit den alten Möbeln,« stimmte Frau Konsistorialrat bei.

»Und auch für die Kinder ist es erzieherisch,« meinte die Frau Professor, »die Kinder lernen es, Möbel und Tradition zu respektieren.«

»Es fördert zweifellos die Pietätsgefühle,« bestätigte der Konsistorialrat.

Thomas war es, als senkte sich plötzlich die Decke des mütterlichen Speisezimmers auf ihn herab. Das machten seine wüsten Kopfschmerzen. Die bekam er immer, wenn die Familie beisammen war. Merkwürdig war das!

Er drückte sich wirklich. Auf der Treppe kam ihm jemand nach, und als er sich umsah, war es Dora, die ihm mit einer Kerze leuchtete.

»Lieb von dir. Danke schön. Aber ich hätte auch so gefunden.«

Er wendete sich um, faßte ihr blasses Gesicht zwischen beide Hände.

»Nun, Dorchen?«

Sie fühlte die Sorge heraus aus seiner Stimme, eine ungewohnte Wärme. Ihre schlanke, seine Gestalt neigte sich zu ihm herab, mit der Stirn fiel sie auf seine Schulter.

»Na ... na ... Dorchen, liebes ... was ist denn? Morgen geht's in die weite Welt hinaus ... freust du dich denn nicht?«

Er versuchte, seiner Stimme Festigkeit zu geben.

»Auf die Reise freue ich mich ...«

Er wollte sagen: Und dann auf das eigne Heim, was? Aber er brachte die Worte nicht über die Lippen. Er fühlte es: als eine grausame Ironie wäre es ihr erschienen. Plötzlich löschte sie das Licht aus, der Leuchter fiel klirrend gegen die Rampe. Mit beiden Armen umschlang sie des Bruders Hals:

»Werde du glücklich, Thomas, hörst du! Grüß' sie von mir ... hörst du. Sie hat dich lieb ...«

Ehe er recht zur Besinnung kam, war sie die Treppe hinaufgejagt. Er hörte das Zuschlagen der Wohnungstür, und als er sich über das Gesicht fuhr, war seine Hand naß von ihren Tränen. – – –

Sehr vornehm, mädchenhaft keusch in ihrem myrtenübersäten Brautschleier schritt Dora Delfert an der Seite des Kriegsgerichtsrats Delfert zum Altar.

Thomas führte Ulrike hinter der Mama, die stolz und feierlich am Arme des Konsistorialrats einherschritt.

Ulrike war sehr bleich und blickte nicht auf während der Traurede. Ihr Atem ging schwer, und ihr Gesangbuch mit dem glatten Elfenbeindeckel zitterte in ihrer weißbehandschuhten Hand.

Dennoch saß sie seltsam steif und gerade in ihrem silbergrauen Seidenkleid, das sie älter erscheinen ließ als sie war und um zehn Jahre älter als die bräutliche Schwester.

Es war, als hätten die letzten Wochen jede Spur von Ähnlichkeit in den früher so gleichen Gesichtern verwischt. Als hätte sich der Delfertsche Typus bis zur Unkenntlichkeit verweichlicht in Doras blassen und wie verfeinerten Zügen.

»Sei gut zu ihr, Hermann;« sagte Thomas zu seinem neuen Schwager, indem er ihm die Hand schüttelte.

Der Kriegsgerichtsrat blinzelte verständnislos mit den Augen.

»Was heißt das gut ... wie meinst du das, Thomas?«

Er war ein bißchen ärgerlich. Das war doch kein Glückwunsch. Im Hotelsaal, bevor man zum Essen schritt, faßte er die Geheimrätin unter den Arm.

»Du, hör' mal, Agnes« – er verbesserte sich rasch – »hör mal, Mama ... was meint Thomas eigentlich damit: ich soll gut zu Dorchen sein? Habe ich was versäumt?«

Die Geheimrätin klappte heftig ihren Fächer zusammen.

»Ich bitte dich, lieber Hermann, das sind so Thomassche große Worte. Das soll immer so was sein.«

Und sie rauschte an den Sohn heran, mit mißbilligenden Blicken:

»Du hast es wahrlich nicht nötig, unsern guten Hermann kopfscheu zu machen. Du hättest lieber deiner Schwester sagen sollen, daß sie gut zu Hermann ist. Ich habe noch nicht gefunden, daß Dora sich ihrer Verpflichtung bewußt geworden ist. Erst, verliebt wie ein Backfisch und in letzter Zeit unliebenswürdig und launisch.«

»Du warst ja sonst so entzückt von Dora,« sagte Thomas bitter.

Die Geheimrätin schüttelte langsam den Kopf und blickte dem Sohne fest in die Augen.

»Mein liebes Kind... ich mußte entzückt scheinen, mußte Dora ins beste Licht setzen, damit Hermann sie nahm, damit wir nicht alle zu zittern brauchten! Wer weiß, wohin ihr Temperament sie führen konnte! Ulrike hat sich geopfert – ich habe gelogen. Habe Hermann bewußt angelogen. Glaubst du, das wurde mir leicht? Oder glaubst du, Ulrike wurde das Opfer leicht?«

»Vielleicht wäre es besser gewesen, ihr hättet Dora einen Beruf gegeben, nicht einen Mann!«

Er wollte noch hinzufügen: es wäre besser gewesen, ihr hättet ihr ein eignes Leben gegeben, nicht ihr das Leben abgeschnitten – aber das hätte die Geheimrätin Delfert nicht verstanden. Sie fand auch jetzt nur ein etwas hochmütig abweisendes Lächeln, als sie sagte:

»In unserer Familie werden die Mädchen für die Ehe erzogen – nicht für einen Beruf.«

Vom Klavier her ertönte der Mendelssohnsche Hochzeitsmarsch. Der Konsistorialrat Delfert bot seiner Schwägerin den Arm, und mit hoch erhobenem Haupte schritt die Geheimrätin hinter der weit ausfallenden Brautschleppe ihrer Tochter der Hochzeitstafel zu. Die brausenden Akkorde erschienen ihr wie ein jubelnder Hymnus auf ihre kluge, weitblickende Mütterlichkeit.

In Thomas aber erweckten die Klänge eine heiße Sehnsucht nach dem Mädchen, das sich so mutig herauszuretten versuchte aus den Trümmern ihrer zerstörten Existenz.

Eine ihm sonst ungewohnte, fast übermütige Freudigkeit erfüllte ihn, als hätte er schon jetzt alle Fesseln von sich geworfen, die ihn seit seiner Kindheit liebevoll und eng an die Delferts schmiedeten.

Und er lachte zu den Witzen und er klatschte zu den langen, pathetischen Reden, und er zog mit den Backfischen ausgelassen an den goldenen und roten Knallbonbons, küßte der Frau Professor galant die Hand, als sie ihm einen Apfel schälte und stieß mit dem

Konsistorialrat an, um die Familie »hochleben« zu lassen. Denn das alles lag plötzlich weit hinter ihm, war eine Erinnerung ... ein ulkiger Spaß ... war etwas, woran er keinen Teil mehr hatte ... mit keiner Fiber seines Körpers, mit keiner Regung seiner Seele ...

Im Hotelvestibül traf Thomas mit dem »jungen Paare« zusammen.

Dora war schon im Reisekleide.

Sie fiel dem Bruder um den Hals.

»Der Zug geht erst in einer Stunde. Aber ich konnte es nicht mehr aushalten. Komm mit Zur Bahn . .. nicht wahr, Hermann, er kann mitkommen?«

»Natürlich, Thomas, selbstverständlich ...«

Der Kriegsgerichtsrat schob ihn selbst in das Auto.

»Wie die Förschten fahren wir ab, was, Dorchen?«

Die Glückseligkeit leuchtete ihm aus den Augen.

»Ganze sechs Wochen bleiben wir weg, was sagst du, Thomas, he? Wir müssen Mama doch Zeit geben, alles einzurichten. Und Dorchen soll mir wieder ihre hübschen Farben kriegen, was, Dorchen?«

Er küßte ihre Hand, er streichelte ihr graues Reisejackett.

»Sitzt du bequem, Dorchen? Ja?«

Er trocknete seinen Kopf mit dem Taschentuch.

»An den Genfer See wollen wir. Als Student war ich mal dort. Ganz bescheiden damals. Zimmer für eins fünfzig, und gegessen wurde, wo es am billigsten war. Jetzt ... Pension zehn Francs bitte pro Person. Zimmer mit Balkon, direkt auf den See hinaus. Ouchy heißt das Nest. Gleich bei Lausanne. Wenn Dorchen nicht brav ist, stecke ich sie dort gleich in ein Mädchenpensionat. Da kann sie wieder brav sein und französisch lernen. *Parlez-vous français, Mademoiselle?*«

Es war albern und rührend.

Dorchen hielt die Hände des Bruders in den ihren.«

»Ja ... du bist wirklich krank, du mußt dich gleich hinlegen, hörst du? Und dann schreib mir, wie es dir geht und überhaupt *alles* ...«

Sie sagte es mit Betonung und einem wehmütigen Lächeln.

Er nickte.

»Ja, Dorchen. Und ich werde grüßen.«

Sie schloß die Augen, Das Herz schlug ihr, als sie daran dachte, wie großem Glück der Bruder entgegenging.

Dann wollte sie, daß er gleich nach Hause führe. Aber er bestand darauf, zu warten, bis der Zug. abging. Und dann sah er sie im Scheine der weißen Bogenlampen am offenen Kupeefenster stehen. Sehr schlank, sehr blond, mit zuckenden Lippen.

Der Kriegsgerichtsrat kam dazu.

»Ich habe dem Schaffner einen Taler gegeben – er wird niemand mehr zu uns hereinlassen.«

Es war wirklich alles förschtlich. Er küßte Dora in den Nacken, ganz schnell und heimlich, und dann rief er noch mit spitzbübischem Blinkern:

»Dreihundert Mark mehr habe ich mitgenommen, als ich der Mama gesagt habe. Sie braucht gar nicht zu wissen, was für Verschwender wir sein werden. Was, Dorchen?«

Und es war nur gut, daß er ihr Gesicht nicht sehen konnte und den gequälten Ausdruck in ihren hübschen, blassen Zügen.

Aber Thomas sah es.

Und es verfolgte ihn, bis er nach Hause kam.

Er wollte gleich noch Lyda ein paar Zeilen schreiben. Aber das Fieber rüttelte ihn, daß er die Feder nicht halten konnte.

Morgen, dachte er ... morgen.

Dann torkelte er ins schmale Nebenzimmer, bis zu seinem Bett.

Am nächsten Morgen ließ Thomas Delfert den Arzt kommen. Nicht den Professor. Einen fremden jungen Arzt, der zu den Pensionären der Turmstraße kam.

Lungenentzündung, diagnostizierte der Doktor.

Ob man seine Familie benachrichtigen sollte? Er fand noch die Kraft, den Kopf zu schütteln. Nein, nicht die Familie. Niemand brauchte was zu wissen. Er diktierte eine Depesche an die Mutter, er müsse auf acht bis zehn Tage verreisen in dringlicher Angelegenheit. Im übrigen sollte man ihn ins Krankenhaus bringen. Nur Fräulein Bogatoff ...

Aber da verwirrten sich seine Gedanken. Und da Delirium einsetzte und aus seinen Fieberphantasien die Angst hervorging, die Familie könnte kommen, so hielt es der Arzt im Interesse seines Patienten für geboten, seinen Willen zu respektieren. Nur Professor Moth wurde benachrichtigt.

Er kam selbst ins Krankenhaus.

»Versteht sich, Kollege, selbstverständlich, ich halte das Frauenzimmervolk meinem Neffen schon fern. Übrigens ist die Geschichte nicht schlimm. Die Krankheit kriegen wir bald!«

Und er kam täglich dreimal und stimmte mit ernster Miene ein in das Familienkonzert der Empörung gegen Thomas.

Die Geheimrätin hatte erwartet, daß Thomas, wie sich das doch schickte, gleich am nächsten Morgen fragen würde, wie ihr das Fest bekommen und so weiter. Das war üblich bei den Delferts. Nach großen Familienversammlungen hingen alle Delferts, mit Ausnahme des Professor-Sanitätsrats, an der Drahtstrippe.

Das kurze Telegramm, das seine Abreise kündete, war der Gipfel der Rücksichtslosigkeit. Man sagte doch, daß man eine Reise vorhatte. Man nahm doch zum mindesten Abschied!...

Zum Glück gab es viel zu tun. Die neue Wohnung mußte eingerichtet, die alten Möbel aufpoliert, die Sessel aufgepolstert werden. Die Geheimrätin wollte, daß alles recht hübsch wurde. Aber Ulrike mußte doch mit den peinlich bescheidenen Mitteln rechnen. Denn so wohlhabend, wie man erst angenommen hatte, war der gute Hermann gar nicht. Es hatte sich herausgestellt, daß er von jeher über alle Kräfte der Familie geholfen hatte. Sowohl der Geheimrätin selbst, um ihr eine Fortführung ihrer immerhin behaglichen Lebensweise zu ermöglichen, wie besonders der zahlreichen Familie des Konsistorialrats. So hatte er seinem Patenkinde, dem Gymnasiasten, nicht nur das Gymnasium bezahlt, sondern auch versprochen, ihn während seiner Studentenzeit kräftig zu unterstützen.

Es gab daher verschiedentliche, nicht ganz erquickliche Erörterungen zwischen der Geheimrätin und Konsistorialrats. Die gute Emma mußte begreifen, daß Hermann jetzt Verpflichtungen eingegangen war, die ihm das Einhalten seiner anderweitigen Versprechungen wesentlich erschwerten. Dora würde gewiß Kinder bekommen. An die mußte Hermann vor allem denken. Hätte er Ulrike geheiratet, dann wäre natürlich die Sache ganz anders. Man hätte nie angenommen, daß Ulrike Kinder bekommen könnte.

Die Familie fing an, die Heirat des Kriegsgerichtsrat mit nicht sehr freundlichen Augen zu betrachten. Ein Familienrat jagte den andern. Aber die Stimmung wurde immer ungemütlicher. Man fand die Geheimrätin allgemein zu anspruchsvoll. Sie brauchte doch kein Zimmer für sich zu haben. Konnte doch ganz gut mit Ulrike ein Zimmer teilen. Das hätte die Wohnungsmiete um mindestens dreihundertfünfzig Mark jährlich verbilligt. Und warum Dora ein Ankleidezimmer bekommen sollte, war auch nicht recht erfindlich. Das bedingte doch wieder den Ankauf verschiedener neuer Möbel. Man sollte ein Schrankzimmer daraus machen – das war viel vorteilhaftes und wenn Dorchen wirklich solche Faxen machte, so tat es ein hübscher, dreiteiliger Wandschirm um die Waschtoilette auch. Und kostete nur fünfundvierzig Mark ...

Dora ging unterdes in weißen Batistkleidern am Ufer des Genfer Sees spazieren.

»Bist du froh?« fragte sie der Kriegsgerichtsrat zehnmal am Tage.

Und sie war wirklich froh die ersten Tage. Wie ein kleines Mädchen war sie, das zum ersten Wale die Wunder der weiten, sonnigen Welt in sich aufnahm. Mit feuchtschimmernden Augen stand sie des Morgens auf ihrem Balkon und blickte über den See hinaus auf die schneeigen, rosigen Berge; mit glänzenden Augen saß sie in dem hübschen Speisesaal unter den geputzten fröhlichen Menschen und stieß mit ihrem Mann an auf »unser Glück«, auf »unsere Liebe«, auf »unsere Ehe«.

Sie fiel auf in ihrer schlanken, blonden, noch immer mädchenhaften Schönheit. Beim Nachmittagstee, auf der Terrasse, suchten elegante Herren und Damen Bekanntschaft mit ihr anzuknüpfen. Man verabredete Partien. Man erbot sich, sie in die Geheimnisse des Tennis einzuweihen, man forderte sie auf zu kleinen Bootfahrten.

Der Kriegsgerichtsrat fürchtete den Zugwind auf dem Tennisplatz und die Feuchtigkeit auf dem Wasser. Aber er hielt sie nie zurück:

»Geh nur, mein Liebling ... geh ... ich schreibe unterdes Briefe.«

Und sie küßte ihn flüchtig auf die Wange und eilte davon, ohne sich auch nur nach ihm umzusehen, aber doch innerlich dankbar, daß er so gut zu ihr war, daß er sie an den Freuden des Lebens naschen ließ ...

Sie kam dann zu ihm zurück mit geröteten Wangen, glänzenden Augen und wirbelnden Worten, die ihr wie in einem glücklichen Rausche von den Lippen sprudelten. Und dann lagen Briefe da von Hause, Briefe von der Familie!

»Wir verbrauchen doch viel mehr als ich dachte,« sagte der Kriegsgerichtsrat.

Er hatte eine Sorgenfalte in der Stirn. Und er schrieb noch lange in die Nacht hinein und sprach dann noch lange von dem, wie man es sich einteilen müßte, damit niemand in der Familie unter seiner Heirat zu leiden brauchte.

Und dann kamen Briefe an Dora selbst. Auf ihr Ankleidezimmer müßte sie verzichten. Es war ein Unsinn. Und, sie dürfte den guten Hermann nicht zu Ausgaben verleiten. Sie sollte immer daran denken, daß sie ein armes Mädchen war, ohne Mitgift, und eine Mutter und eine Schwester mit in die Ehe brächte. Wenn die Mama starb, dann fiel auch die Witwenpension fort, und vom Vermögen war ja so gut wie nichts mehr da. Es gab auch andere Delferts, die Unterstützung brauchten. In der Familie müßte einer für den andern einstehen.

Dora zerriß diese Briefe in hundert kleine Stücke und warf sie in den See, daß sie eine Weile wie kleine Schneeflocken auf der blauen Spiegelfläche tanzten ...

Eines Tages kam der Kriegsgerichtsrat, hochrot im Gesicht, in den Hotelgarten herunter.

»Dorchen, Dorchen! ...«

Sie legte eine Zeitschrift aus der Hand, in der sie blätterte, während sie auf die Tennisgesellschaft wartete, die sie abholen sollte.

»Ja ... Hermann?«

»Komm, Dorchen ... ich muß dir etwas mitteilen.«

Er war sehr erregt, sein blonder Schnurrbart hing zerzaust um seine Lippen.

Er gab ihr keine Zeit, sich bei der Gesellschaft zu entschuldigen, die lachend und plaudernd auf sie zusteuerte. Er faßte sie unter den Arm und sprach heftig auf sie ein.

»Wir müssen nach Hause, Dorchen ... es geht so nicht ... denke ...«

Und er gab ihr den Inhalt zweier Briefe wieder, die er erhalten hatte.

Thomas war erkrankt ... sie sollte nicht erschrecken. Er war wieder wohlauf ... um den brauchte sie sich keine Sorge zu machen. Er machte sich auch keine Sorge um die Familie. Es war einfach unerhört. Er hatte alle betrogen, telegraphiert, daß er fortreisen müsse und war statt dessen »gemütlich ins Krankenhaus« spaziert. Der Professor hatte sich auch gar nicht nett benommen, hatte sich mit an dem Betruge beteiligt. Ganz zufällig wäre es herausgekommen. Tante Roth hatte einen telephonischen Anruf aus dem Krankenhaus entgegengenommen. So hatte man es erfahren.

»Unerhört, Dorchen! Und nun stelle dir vor: die gute Mama und Ulrike rasen ins Krankenhaus. Wer sitzt am Krankenbett? Eine wildfremde Person! Und geht nicht 'raus, Dorchen, denke dir ... geht nicht 'raus – wo doch Mutter und Schwester hereinkommen. Mehr noch, Dorchen, sie bittet bis Damen, Thomas nicht aufzuregen, sondern hinauszugehen, setzt sich auf Thomas' Bett und hält seine Hand fest! Da kannst du dir Mamas Zustand denken. Am nächsten Tage kommt ein Brief von Thomas. Er hat sich mit der Dame verlobt ... Also, was sagst du?«

»Ich freue mich,« sagte Dora einfach und mit leisem Beben in der Stimme.

»Du freust dich? ... Wieso ... wie kannst du dich denn freuen ... was soll denn das heißen?«

Dora hörte den strengen Ton des Vormundes, wie sie ihn noch aus der Kinderzeit in Erinnerung hatte, wenn die Mama sich bei ihm Unterstützung geholt hatte, um ihren Befehlen Nachdruck zu geben.

Sie erblaßte leicht und schlug mit dem Rakett, das sie in der Hand hielt, gegen ihr Kleid.

»Ich freue mich, daß er den Mut gefunden hat, den Ring zu durchbrechen,« sagte sie hart.

»Welchen Ring ... Was redest du für dummes Zeug?«

»Den eisernen Ring, welchen unsere teure Familie bildet!«

Sie schritt so rasch aus, daß er ihr kaum nachkam, daß er sie ärgerlich an den Falten ihres weißen Kleides zurückhielt.

»So bleib doch stehen ... geh doch nicht weiter, wenn ich mit dir spreche.«

Ganz rauh und beinahe keifend war jetzt seine Stimme. Sie blieb stehen, nagte mit den Zähnen nervös an der Unterlippe.

»Also was willst du denn von mir?«

»Ich will dir sagen, daß das noch nicht alles ist. Das Schlimmste kommt noch: er gibt seine Karriere auf. Er sattelt um. Mit dreißig Jahren sattelt er um! Ist das nicht lächerlich, ist das nicht haarsträubend?«

»Nein ... warum? Es gibt Frauen, die sich scheiden lassen ... warum soll es nicht Männer geben, die einen andern Beruf ergreifen?«

Der Kriegsgerichtsrat sah seine blonde, schlanke Frau an, als stände plötzlich ein Ungeheuer vor ihm. Er riß seine blauen, etwas abgeblaßten Augen auf und rang nach Atem.

»Was ist denn das ... du ... was ist denn das?«

Es klang nicht mehr wütend und nicht mehr herrisch. Wie erschlagen war er, wie zermalmt von einem fürchterlichen Gewichte, das auf ihn herabgefallen war.

»Jetzt kann ich wohl Tennis spielen, nicht wahr? ... Man wartet auf mich.«

Und ohne auf seine Antwort zu hören, ging sie von ihm, ließ ihn stehen in seiner fassungslosen Verwirrung.

Aber obwohl sie nicht zum Tennisplatze ging, kam sie erst wieder, als die Dinerglocke zum dritten Male läutete.

»Willst du nicht meinen Brief an Mama und den Konsistorialrat lesen?« fragte der Kriegsgerichtsrat.

Er fragte es ganz sanft und suchte ihren Blick. Sie zeigte auf einen Briefumschlag, der neben ihrem Teller lag.

»Erlaube erst ...«

Sie kannte die Schrift nicht. Erriet aber, von wem er sein mochte, und eine warme Welle stieg ihr in die Wangen, als sie die große, energische Unterschrift las: Lyda Bogatoff.

»Iß doch,« mahnte der Kriegsgerichtsrat.

»Ja ... Laß nur ... Laß mich, bitte.«

Und ihr tränenschwerer Blick bohrte sich förmlich in die Schriftzüge:

Liebe Frau Dora!

Damit es nicht gleich Mißverständnisse gibt und im Einverständnis mit Ihrem Bruder teile ich Ihnen mit, daß wir uns verlobt haben, Thomas und ich. Ich denke, in acht bis zehn Tagen wird er so weit hergestellt sein, daß wir verreisen können. Wir wollen nach München. Dort werden wir heiraten. Dort wird Thomas Philologie studieren, wie er immer wollte. Es tut mir sehr leid, daß ich nicht so reich bin, wie ich es hätte sein können, wenn meine Familie in Rußland anständig gewesen wäre. Aber ein kleiner Landsmann von mir hat mir einen Kavalierdienst geleistet und hat mir das bare Geld, das ich auf der Bank hatte, persönlich und unauffällig geholt. Er hätte mich wohl lieber geheiratet – aber wir haben ja auch anständige Menschen in Rußland. Und mein kleiner Landsmann ist so ein anständiger Mensch. Thomas kennt ihn. Er hat mir also alles gebracht, worüber ich gleich verfügen kann.

Es sind keine großen Schätze, aber wir brauchen nicht zu hungern und können arbeiten. Mehr wollen wir nicht. Vielleicht gelingt es mir, auch mein Gut frei zu machen – dann sind wir wohlhabende Leute.

Aber Thomas liegt gar nichts daran. Er ist ein Idealist. Und das gefällt mir an ihm. Darum paßt er auch nicht zum Staatsanwalt. Das habe ich gleich gesehen, als er mich verurteilen mußte, weil ich – aber die Geschichte kennen Sie wohl nicht; die werde ich Ihnen mal erzählen, wenn Sie uns besuchen. Ihre Mama und Ihre Schwester sind gewiß sehr böse. Das tut mir leid. Aber ich kann es nicht ändern. Die Familie darf uns nicht »auffressen«. Jeder muß ein eignes Leben leben. Thomas läßt Sie vielmals grüßen und hofft, daß Sie sich nicht unterkriegen lassen von den Verhältnissen. Er sagt, Ihr Mann ist ein guter Mensch und hat Sie lieb.

Ich schreibe noch ein bißchen unbeholfen Deutsch, aber wenn ich erst eine richtige freie Münchnerin werde, lerne ich's besser.

Es grüßt Sie herzlich

Ihre

Lyda Bogatoff.

»Nun?« fragte der Kriegsgerichtsrat.

»Nichts ... ein Brief von einer Schulfreundin.«

Und Dora steckte den Brief in die weiße Ledertasche, die an ihrem Stuhle hing. Dann versuchte sie zu essen.

Dem Kriegsgerichtsrat war, als müßte er Dora entschädigen für die Härte, die er ihr gezeigt hatte. Und er gab eine Woche zu. Die letzte seines Urlaubs. »Obwohl es sündhaft viel Geld kostete und Mama mit Ulrike in der neuen Wohnung warteten.«

Mama und Ulrike schrieben fast täglich an Dora. Auch die Frau Konsistorialrat und die Tante Roth schrieben fleißig. Sie wollten nun alle noch einmal so fest zusammenhalten. »Man sah ja, wohin es kam, wenn man großgeistig jemand seinen Weg ziehen ließ.«

»Jemand« war Thomas.

Mama hatte einen Wochenplan für Dora ausgearbeitet.

»Unser guter Hermann liebt Pünktlichkeit. Da muß alles auf die Minute klappen. Nicht bloß das Essen, wie beim Professor, der ja doch immer zu spät kommt. Bis jetzt hast du nur die Freuden der Ehe kennen gelernt. Nun tritt der Ernst an dich heran.«

Und Dora wußte jetzt schon genau, wann sie aufstehen, essen, spazierengehen und Kaffees geben würde. Ulrike hätte ein wundervolles Kochrezeptbuch angelegt und Tante Roth hatte eine glänzende Flickerin entdeckt, die gern jeden Mittwochnachmittag kommen wollte. Zweimal wöchentlich würde der gute Hermann wie bisher seinen Stammtisch mit der obligaten Skatpartie bei Siechen haben und einmal wöchentlich Familienskat zu Hause. Jeden Donnerstag gab es einen Kaffee bei den Delfertschen Damen und jeden zweiten Sonntag ein Familienessen. »Das Abendbrot bringt jede Familie selbst mit, um die Kosten zu verringern.« Da die Wohnung ein kleines Vorgärtchen hätte, brauchte man ja im nächsten Sommer nicht zu verreisen. Dies Geld konnte man sich sparen. Und es wäre auch wahrscheinlich, daß Dorchen – nächsten Sommer überhaupt nicht abkömmlich sei.

Dora spielte nicht mehr Tennis und machte keine Ausflüge mehr. Sie saß, wenn die Dampfschiffe aus Genf und Montreux anfuhren, auf der Landungsbrücke und sah auf die wogende, frohe Menschenmenge, die auf und ab flutete. Abends ging sie auf den Pier hinaus und setzte sich auf die steinernen Stufen, so nahe ans Wasser, daß die schmalen, feinen Wellchen ihren Saum netzten.

Und es kam vor, daß sie Schuhe und Strümpfe auszog und mit den weißen Füßen tiefer die Stufen hinabstieg und die kleinen blanken Fische mit den Zehen streifte. In der Ferne aber sangen fahrende italienische Spielleute sentimentale Romanzen oder die Schlager der letzten Wiener Operette, und die Fackeln eines wandernden Zirkus warfen ihr gelbes Licht durch die dichten Zweige der dunklen Bäume.

Und wenn sie dann in das Hotelzimmer kam, schwebte noch der bläuliche Rauch einer starken Zigarre im Raum und der Kriegsgerichtsrat lag leise schnarchend im Sessel und eine alte Zeitung bauschte sich zu seinen Füßen ...

– – Der letzte Sonntag war es. Und im glitzernden Sonnenlichte leuchteten die bunten Fähnchen der Vergnügungsdampfer unter dem blauen Himmel, glitten die weißen Schiffe über den gleißenden See.

Dora saß auf der Bank unter ihrem rosenroten Sonnenschirm, und ihre Augen wurden dunkel vor Tränen, da sie daran dachte, daß es das letztemal wäre, daß sie das wundervolle, glitzernde Licht sah, die schneeigen Bergrücken mit dem traumhaft verschleierten Gipfel, daß sie das frohe, brausende Leben um sich fühlte, die übermütigen, lachenden Augen sah, von Menschen, die sich ihres Daseins freuten, sich harmlos der Lust des Tages hingaben.

Wie ausgestoßen kam sie sich vor, und sie sah unwillkürlich um sich, als stünden Häscher bereit, sie einzusaugen und einzukerkern.

Eine Stimme schlug plötzlich an ihr Ohr, die ihr alles Blut zum Herzen trieb. Eine Stimme, die Jahre niederriß, wie der Wind ein Kartenhaus umwirft.

»Ich bin irrtümlich in den Vergnügungsdampfer eingestiegen,« sagte die Stimme. »Wie lange muß ich hier auf das Genfer Schiff warten?«

»Noch eine halbe Stunde ...«

»So ... danke.«

Doras Sonnenschirm glitt ihr von der Schulter und über die Banklehne herab. Irgend jemand hob ihn auf. Sie wendete sich um. »Danke«, wollte sie sagen. Das Wort blieb ihr in der Kehle stecken.

Leicht über die Banklehne geneigt, mit höflichem Lächeln reichte Herr von Redwitz ihr den Schirm. Seine Augen trafen die ihren, ohne sie im ersten Augenblick zu erkennen. Plötzlich griff er in leichter Verlegenheit an den Rand seines Panamas.

»Fräulein Delfert ...«

Er faßte sich gleich wieder, ging um die Bank herum, streckte ihr die Hand entgegen.

»Es freut mich, daß ich Sie mal wiedersehe, es freut mich wirklich. Darf ich mich ein bißchen zu Ihnen setzen? Mein Dampfer kommt erst in einer halben Stunde.«

Sie brachte noch immer kein Wort hervor, nickte nur stumm, rückte Zur Seite, zerrte an der Quaste ihres Schirmes, um ihre Verwirrung zu verbergen und das Beben ihrer Glieder.

»Sind Sie schon lange hier, gnädiges Fräulein? Es fängt an, heiß zu werden am Genfer See. Die Saison ist bald zu Ende.«

»Wir fahren auch morgen fort,« sagte sie endlich mit trockenen Lippen.

»Wir.« Mochte er glauben, daß sie mit der Mutter da war und mit Ulrike. Sie sah ihn scheu und flüchtig von der Seite an. Er war stärker geworden und männlicher. Ein vornehmer, eleganter Herr, mit den kühl forschenden Blicken des Lebemanns. Er trug eine breite Florbinde, um den linken Arm und auch um seinen Hut lief ein breiter Florstreifen.

»Sie sind in Trauer?« fragte sie, und ihr Herz schlug fast hörbar.

»Meine Frau ist mir gestorben.«

Ein tiefer Schatten legte sich über sein Gesicht und die beherrschte Erregung in seiner Stimme ließ ihn ihr so vertraut erscheinen, daß sie alles vergaß, was sich zwischen ihr und ihm aufgetürmt hatte.

»Ihre Frau ...« wiederholte sie leise.

»Eine Frau, wie es wenige gibt ...«

Es tat ihm wohl, über seine Frau zu sprechen, hier – wo alles ihm fremd war, und mit einem Wesen, das ihm einst gut gewesen und ermessen konnte, wie nahe ihm das ging.

»Ich hole jetzt meine Jungens ab, die bei einem Bruder meiner Frau in Genf sind. Die sollen zum Herbst auf ein Berliner Gymnasium.«

Dora faßte krampfhaft nach dem Griff ihres Schirmes.

»Schon Gymnasiasten,« sagte sie mit einem fahlen Lächeln. Er nickte und seine eben noch verschleierten Augen leuchteten auf.

»Prächtige Bengels. Und der Mutter wie aus dem Gesicht geschnitten. Die muß ich immer vor mir haben, damit ich weiß, wofür ich lebe.«

»So lieb hatten Sie Ihre Frau?«

Sie sagte es mehr bestätigend und sah ihn nicht an dabei.

»So lieb hatten wir uns ... ja ...«

Er nahm seinen Hut ab, und sie sah, daß seine Schläfen grau waren. Er fing ihren Blick auf, lächelte leise.

»Ja, Fräulein Dora, man wird nicht jünger. Und wenn man verliert, woran man mit aller Seele hing ... dann, altert man doppelt schnell.«

Er brach ab, streifte ihre Gestalt, ihr Gesicht, das rosig angehaucht war unter dem rosenroten Schirme, mit seinem Blick.

»Ihnen haben die Jahre nichts angehabt, Fräulein Dora.«

Sie sah mit leeren Augen vor sich hin. Ihre Lippen zuckten.

»Ich habe ja noch niemand verloren, den ich liebte ...«

Er nahm ihre Hand und führte sie flüchtig an die Lippen.

»Wenn man so jung ist, wie wir damals waren, weiß man ja auch nicht, was Liebe ist.«

Dora dachte an ihr Nervenfieber zurück, an die schlaflosen Nächte, die kalten Packungen...

»Nein, dann weiß man es nicht ...«

Ein kaltes, bitteres Lächeln legte sich um ihren Mund, und sie fuhr fort:

»Zur Liebe gehört nämlich Mut.«

»Ja, natürlich – wie überhaupt zum Leben. Man darf sich nie mit halben Dingen begnügen. Immer entweder – oder. Als ich damals den Abschied nehmen mußte – da wußte ich, daß es nur zwei Dinge für mich geben konnte: eine Kugel vor den Kopf oder mit allen Vorurteilen brechen und mich möglichst teuer dem Leben verkaufen. Es gibt keinen lächerlichen Beruf. Es gibt nur lächerliche Menschen, sagte ich mir, und darum bin ich Repräsentant geworden bei einem großen Schneider – wie ich Vertreter einer großen Aktiengesellschaft geworden wäre. Und ähnlich dachte meine Frau. Es gibt keine gute und keine schlechte Partie – es gibt nur einen guten oder schlechten Mann. Und so haben wir beide den Mut gehabt, für das einzutreten, was wir als richtig erkannten. Das sollen meine Jungens auch lernen. Das ist die Hauptsache im Leben. Sonst soll man die Finger davon lassen ...«

»Vom Leben? ...«

Sie fragte es kaum hörbar und ihr Atem ging schwer dabei. Er setzte den Hut wieder auf, rückte ihn in die Stirn, blickte auf die Uhr.

»Von allem, was man nicht versteht oder nicht verantworten kann, soll man die Finger lassen... Ich glaube, jetzt ist mein Schiff gekommen... Da ist mir die Wartezeit aber schnell vergangen.«

Auf der Brücke wurde es wiederum lebendig. Menschen drängten sich an die Barriere. Die Glocke gab ihr zweites Signal.

Er sprang auf.

»Donnerwetter ja ... ich muß noch eine andere Karte lösen ... Verzeihung ...«

Er drängte sich durch die Menschenmenge.

Es dauerte mindestens zehn Minuten, ehe ihm die Karte verabfolgt würde.

Als er zurückkam, ertönte das dritte Glockenzeichen. Hastig lief er an ihr vorbei.

»Empfehle mich, Fräulein Dora ... Alles Gute!«

Er fand kaum noch Zeit, ihr die Hand Zu reichen. Aber dann stellte er sich an die Reling und winkte ihr mit dem Hute zu.

Und dann grüßte er noch einmal mit weit ausholender, langsamer Bewegung. Denn es war etwas in ihren Augen, in ihrer Haltung, was ihn an vergangene Tage erinnerte. Und es bedrückte ihn beinahe, daß er sie nicht gefragt hatte nach ihrem Leben, daß er so kalt und gleichmütig an ihr vorbeigegangen war.

Dora aber winkte nicht. Ganz steif und gerade stand sie an der Barriere, wie die Delferts alle standen, wenn sie innerlich zusammenbrachen. - - - -

Als sie ins Hotel kam, ging der Kriegsgerichtsrat schon seit einer halben Stunde ärgerlich auf und ab.

»Also was ist denn das, Dorchen? Um vier solltest du da sein. Es ist wirklich rücksichtslos, mich so lange warten zu lassen! Willst du denn nicht endlich packen? Mama schreibt, wir sollen den großen Koffer per Fracht nach Hause schicken. Du hättest noch genug alte Kleider im Schranke hängen. Wir brauchen nur das Handgepäck mitzunehmen.«

»Ja,« sagte Dora und schleppte sich mit schweren Füßen zur Kommode.

»In Deutschland können wir gut dritter Klasse fahren, Dorchen – nicht wahr?«

»Gewiß,« sagte Dora. »Na ... also, das meine ich auch ...«

Und sehr zufrieden legt der Kriegsgerichtsrat sein Geld auf den Tisch und machte sich kleine Notizen auf einem Streifen Papier.

– – Abends um zehn hatte Dora alles gepackt. Sie hatte ihr Reisekleid an und hielt ihren rosenroten Schirm in der Hand.

»Den Schirm hättest du im Koffer unterbringen können,« meinte der Kriegsgerichtsrat.

»Nein.« sagte Dora, »den Schirm behalte ich!«

Ein bißchen ärgerlich antwortete der Kriegsgerichtsrat:

»Du widersprichst so oft, Dorchen. Das mußt du dir abgewöhnen. Ich bin dein Mann und habe schließlich das Recht, dir eine Bemerkung zu machen.«

Sie nickte sehr ernsthaft.

»Und Mama ist meine Mutter, und Ulrike meine ältere Schwester, und beide werden auch das Recht haben, mir ihre Bemerkungen ...«

Er unterbrach sie: »Da du unvernünftig bist, so muß doch deine Familie ...«

»Natürlich muß sie –«

Sie lachte kurz auf und ging aus dem Zimmer.

Der Kriegsgerichtsrat sah ihr verdutzt nach. Sein gutmütiges Gesicht legte sich in tiefe Falten.

Fing das schon wieder an mit Dorchen? Sie war doch so nett gewesen die letzten Tage – und jetzt ...

Er schüttelte den Kopf, strich sich über die Stirn und nahm seine Zeitung vor. Aber er verstand heute gar nicht recht, was er las. Das machte wohl der Ärger. Denn zwischen den Spalten sah er ein düsteres Zukunftsbild, Unruhe, Aufregung, Zank.

Er warf schließlich di: Zeitung auf den Boden, kleidete sich aus und ging zu Bett. Dann knipste er das Licht aus.

Er wollte sich mal ausschlafen. Seinen Schlaf brauchte er nicht auch noch zu opfern, wie seine Ruhe.

Es war doch manchmal ein bißchen viel, was man so alles für die Familie tun mußte... ein bißchen sehr viel! ...

Bald jedoch kündete ein leises, regelmäßiges Schnarchen, daß Kriegsgerichtsrat Delfert Erlösung gefunden hatte von seinen schweren und immerhin aufrührerischen Gedanken.

– – – Mitten in der Nacht wurde er aufgeweckt.

Was war denn los? Wer polterte so an die Tür!

»Dorchen ... du!?«

Er tastete nach Doras Bett. Es war leer. Die dumpfen Rufe und das Pochen an seiner Tür wurden lauter, weckten ihn vollends auf. Er knipste das Licht an, schlüpfte in seine Morgenschuhe, in Beinkleider und Jacke.

»Ja ... ich komme schon ... ja, was ist denn?...«

Dann machte er die Tür auf: Der Direktor des Hotels glitt in sein Zimmer, leichenblaß, mit entsetzten Augen.

»Herr Delfert... Ihre Frau Gemahlin...«

»Ja ... meine Frau ... was ist ...«

»Sie ist ... ihr ist ein Unfall begegnet ... auf dem See ... dem Pier draußen. Sie muß auf den Stufen ausgeglitten sein. Hier ist ihr Schirm, Herr Delfert.«

Und er überreichte dem Kriegsgerichtsrate den triefenden, rosenroten Schirm, den Dora nicht aus ihren erkaltenden Händen gelassen hatte ...

Acht Monate sind seit Doras Tod vergangen.

Die Familie Delfert hatte sich ihre Legende zurechtgelegt: Dora war ausgeglitten auf den schlüpfrigen Steinstufen des Piers und hatte in den Wellen des Sees einen vorzeitigen Tod gefunden – wenige Stunden, bevor sie der Heimat zufahren sollten in die sehnsüchtig geöffneten Arme ihrer Angehörigen.

Die Familie hatte keine Opfer gescheut, um die sterbliche Hülle der »geliebten Dora« im Erbbegräbnisse der Delferts zu bestatten. Alle hatten sich tadellos benommen, alle hatten erschüttelt und innig vereint in dem großen Schmerze die offene Gruft umstanden. Und mit lautem Schluchzen begleiteten alle die Worte des Pastors, als er von dem »unerforschlichen Willen sprach, der ein blühendes Leben aus den Armen eines untröstlichen Gatten, einer liebenden Familie gerissen«.

Nur Thomas hatte sich wieder unverantwortlich benommen: er war nicht zur Beisetzung erschienen, hatte nur einen Kranz geschickt, mit breiten, weißen Schleifen und der Inschrift:

»Unserer Dora. Thomas. Lyda.«

Und da man wohl wußte, daß die beiden noch nicht verheiratet waren und die Fremde immer noch als »Person« empfand, so trennte man die Schleife ab und legte den Kranz unauffällig zu den Kränzen der Bekannten.

Heute mittag aber, acht Monate nach Doras Beerdigung, war Ulrike, in demselben grauen Seidenkleide, das sie zur Hochzeit ihrer

Schwester getragen hatte, dem Kriegsgerichtsrat Delfert vor dem Standesamt angetraut worden.

Und nun saß die Familie – die Delfertschen Damen in Heller Halbtrauer – um den lang ausgezogenen, mit Blumen geschmückten Tisch in der Wohnung des Kriegsgerichtsrats, und alle tranken einander zu, gemessen – und doch froh bewegt.

Die Familie hatte diese Heirat zustande gebracht – vorsichtig – taktvoll. Es war die einzig richtige Lösung. Der gute Hermann hatte wieder ein Frau, und zwar die Frau, die am besten zu ihm paßte und der Familie am bequemsten war. Die Geheimrätin und Ulrike waren bis an ihr Lebensende versorgt. Es gab weder neue Umwälzungen noch neue Kosten. Die Wohnung war bereit und Ulrike bedurfte keiner Aussteuer. Doras Kleider paßten ihr »wie angegossen«. Man konnte es sich nicht besser wünschen. Thomas, der einzige, der die harmonische Eintracht vielleicht gestört hätte, war auch diesmal nicht gekommen. Und schließlich waren alle froh, daß er mit seiner Frau in München lebte. Das Leben und der Tod hatten ausgestoßen, was sich nie recht hatte einfügen wollen in den Kreis der Familie Delfert.

Jetzt war der eiserne Ring geschlossen. – –

Ende.

Über tredition

Eigenes Buch veröffentlichen

tredition wurde 2006 in Hamburg gegründet und hat seither mehrere tausend Buchtitel veröffentlicht. Autoren veröffentlichen in wenigen leichten Schritten gedruckte Bücher, e-Books und audio-Books. tredition hat das Ziel, die beste und fairste Veröffentlichungsmöglichkeit für Autoren zu bieten.

tredition wurde mit der Erkenntnis gegründet, dass nur etwa jedes 200. bei Verlagen eingereichte Manuskript veröffentlicht wird. Dabei hat jedes Buch seinen Markt, also seine Leser. tredition sorgt dafür, dass für jedes Buch die Leserschaft auch erreicht wird.

Im einzigartigen Literatur-Netzwerk von tredition bieten zahlreiche Literatur-Partner (das sind Lektoren, Übersetzer, Hörbuchsprecher und Illustratoren) ihre Dienstleistung an, um Manuskripte zu verbessern oder die Vielfalt zu erhöhen. Autoren vereinbaren direkt mit den Literatur-Partnern die Konditionen ihrer Zusammenarbeit und partizipieren gemeinsam am Erfolg des Buches.

Das gesamte Verlagsprogramm von tredition ist bei allen stationären Buchhandlungen und Online-Buchhändlern wie z. B. Amazon erhältlich. e-Books stehen bei den führenden Online-Portalen (z. B. iBookstore von Apple oder Kindle von Amazon) zum Verkauf.

Einfach leicht ein Buch veröffentlichen: **www.tredition.de**

Eigene Buchreihe oder eigenen Verlag gründen

Seit 2009 bietet tredition sein Verlagskonzept auch als sogenanntes "White-Label" an. Das bedeutet, dass andere Unternehmen, Institutionen und Personen risikofrei und unkompliziert selbst zum Herausgeber von Büchern und Buchreihen unter eigener Marke werden können. tredition übernimmt dabei das komplette Herstellungs- und Distributionsrisiko.

Zahlreiche Zeitschriften-, Zeitungs- und Buchverlage, Universitäten, Forschungseinrichtungen u.v.m. nutzen diese Dienstleistung von tredition, um unter eigener Marke ohne Risiko Bücher zu verlegen.

Alle Informationen im Internet: **www.tredition.de/fuer-verlage**

tredition wurde mit mehreren Innovationspreisen ausgezeichnet, u. a. mit dem Webfuture Award und dem Innovationspreis der Buch Digitale.

tredition ist Mitglied im Börsenverein des Deutschen Buchhandels.

Dieses Werk elektronisch lesen

Dieses Werk ist Teil der Gutenberg-DE Edition DVD. Diese enthält das komplette Archiv des Projekt Gutenberg-DE. Die DVD ist im Internet erhältlich auf **http://gutenbergshop.abc.de**

Zeitfracht Medien GmbH
Ferdinand-Jühlke-Straße 7
99095 Erfurt, Deutschland
produktsicherheit@kolibri360.de